第1话 死亡——之后转生

第一辑

关于我变成史莱姆这档事 1

Regarding Reincarnated to Slime

[日]伏濑 著

[日]川上泰树 绘画

[日]三叶（Mitz Vah） 角色原案

K.W 羽千落 译

黑龙江少年儿童出版社

目录

利姆鲁大人，您作何打算呢？
是啊……去看看吧。
弹
你们打算怎么办？
当然是一同前去了。
是吗？

那就出发吧。

嘀嘀嘀嘀嘀嘀
TITI
AM 7:00
嘀嘀嘀嘀嘀
蠕动
我好像看到了一个在耍威风的史莱姆。
嘀
那是我吗？
还变成了美少女（美少年？）的样子……
好奇怪的梦啊……
难道那是我内心的愿望？
呼啊
虽然我对现状并没有不满。

收回我的上句话。
我来介绍一下，她是我的未婚妻。
泽渡美穗。
我对现状有诸多不满。
对不起前辈，我想和你商量一下结婚的事……
说真的，田村，
你这是在讽刺我谈不了恋爱吗？
追到公司里的女神想要对我炫耀是吗？你这个浑蛋！
你好，我叫三上悟。
还是第一次与您说话呢，
我有些紧张。

前辈，今天我请客！
嗯，为什么？
因为是我把你硬拉过来的嘛。
田村……他是个有出息的后辈。
真是个让人恨不起来的家伙啊。
算了，我还是真诚地祝福他们吧……
我们找到了一家不错的天妇罗店，前辈也喜欢吃吧？
おでん
呀啊
!
怎么了？
滚开！
菜刀？

VERSAILLES
田村啊啊啊！
咚
哼……

嘈杂
嘈杂
咦……后背好热。
大酬宾
前辈！
难道我被刺到了？
啊——啊，田村……
前辈，请振作点！
你这种表情被泽渡看到的话，她会失望的。
啊，感觉好冷啊。
血液不足的话人就会死吧……完蛋了。
已确认。立刻生成无需血液的身体。

嗯？刚才是谁在说话……田村吗？
无需血液？搞不懂在说什么。
话说回来，这声音毫无感情，你是电脑的语音人声吗？
电脑！
田村！万一、万一我死了……
惊
……我的电脑就拜托你了。
把它沉到浴缸里通上电，给我把里面的数据全部销毁……
呆住
哈哈……前辈，果然很有你的风格。

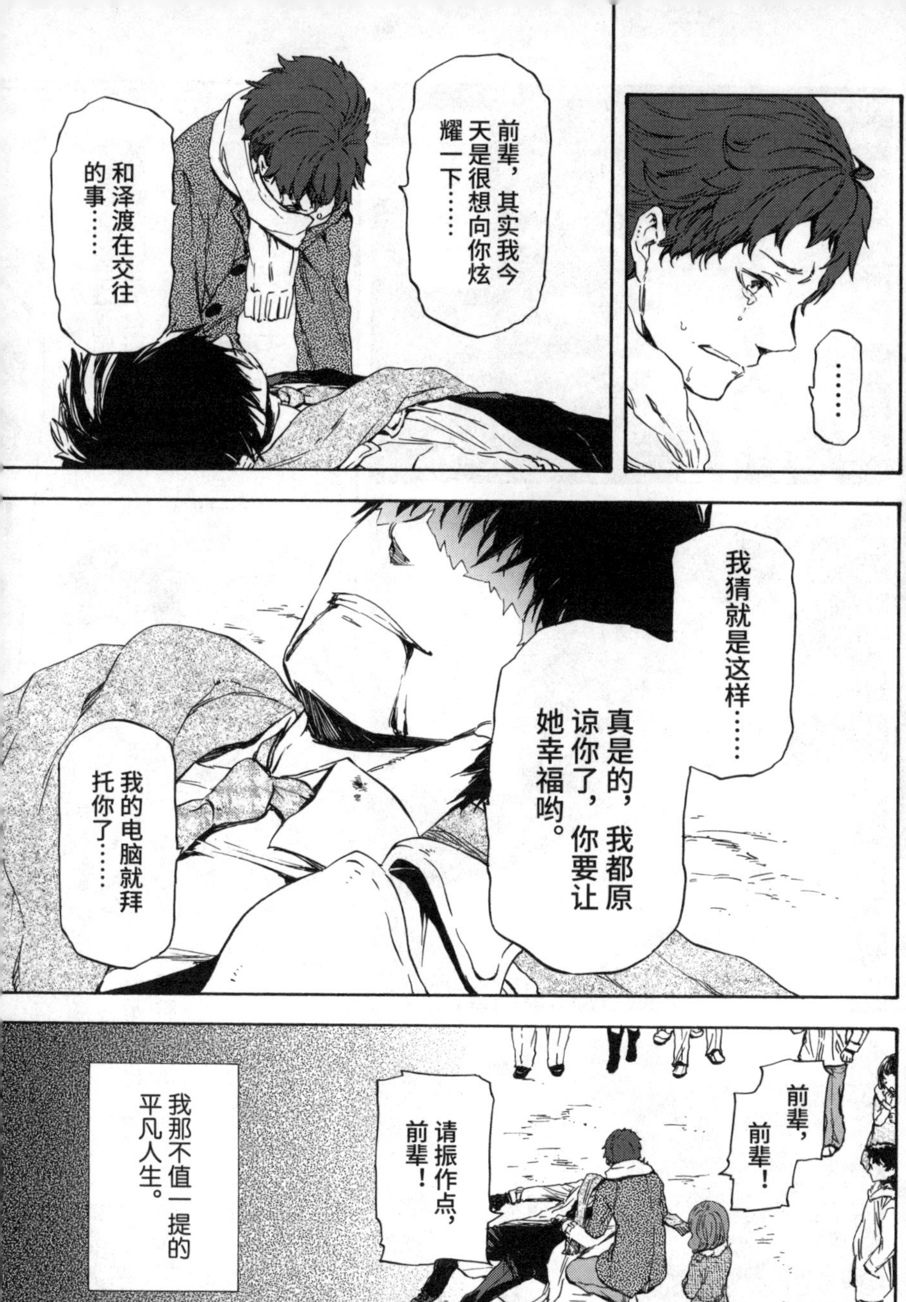
……
前辈，其实我今天是很想向你炫耀一下……
和泽渡在交往的事……
我猜就是这样……
真是的，我都原谅你了，你要让她幸福哟。
我的电脑就拜托你了……
前辈，前辈！
请振作点，前辈！
我那不值一提的平凡人生。

大学毕业之后进了姑且算是知名的建筑公司，
现在独自生活，三十七岁。
双亲由年长的哥哥赡养，
我则是随性的单身贵族。
拜其所赐……
没有女朋友。
从来没有
谈过恋爱。
——已确认。独特技能为『捕食者』……设定成功。

俗话说到了三十岁还没有女朋友，就能成为法师。
呵，呵，呵，
将近四十岁的我大概可以成为个贤者。
确认成功。获得额外技能『贤者』。
再加把劲儿要成为『大贤者』也不是梦啊。
华丽的50岁
确认成功。额外技能『贤者』升级。
……升级成功。额外技能『贤者』升级为独特技能『大贤者』。
欸——好厉害呀，喂！

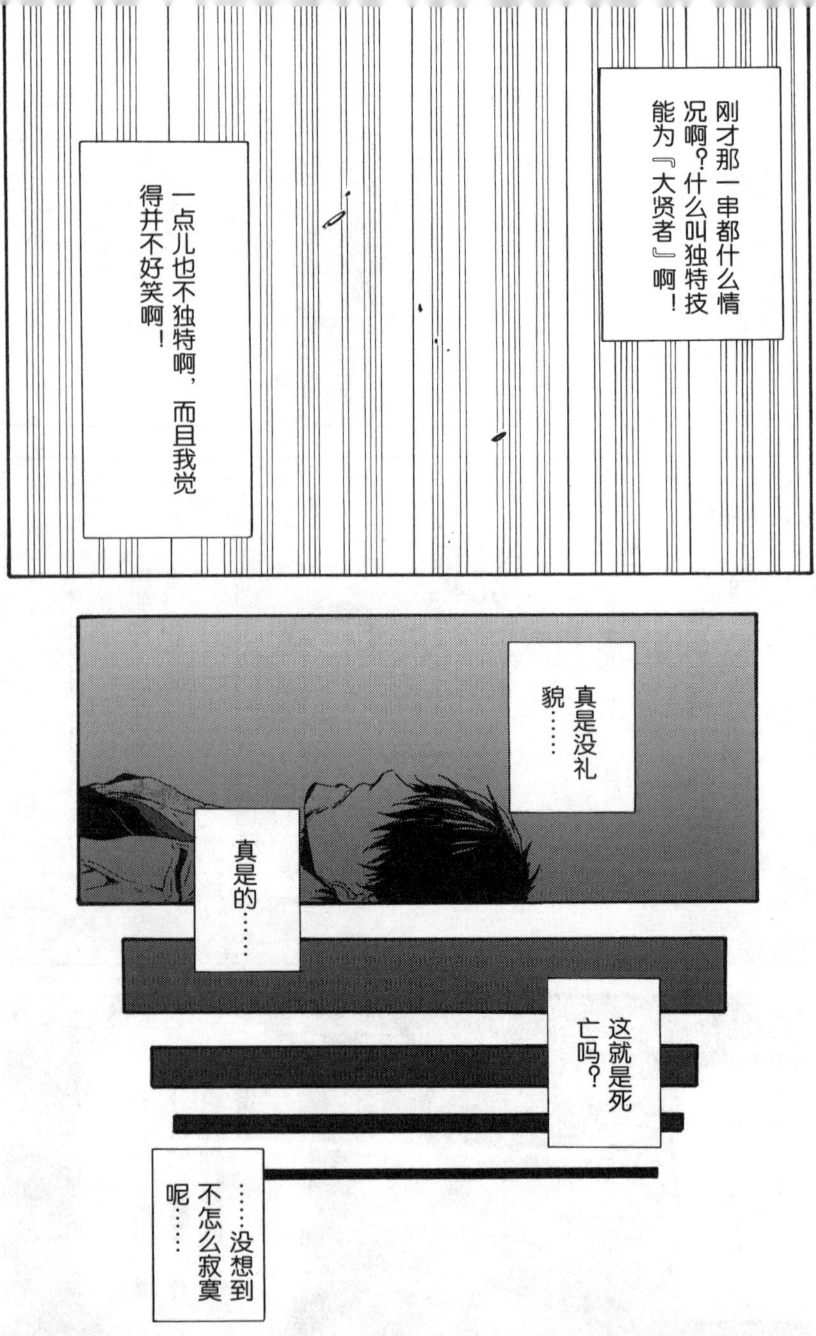
刚才那一串都什么情况啊？什么叫独特技能为『大贤者』啊！
一点儿也不独特啊，而且我觉得并不好笑啊！
真是没礼貌……
真是的……
这就是死亡吗？
……没想到不怎么寂寞呢……

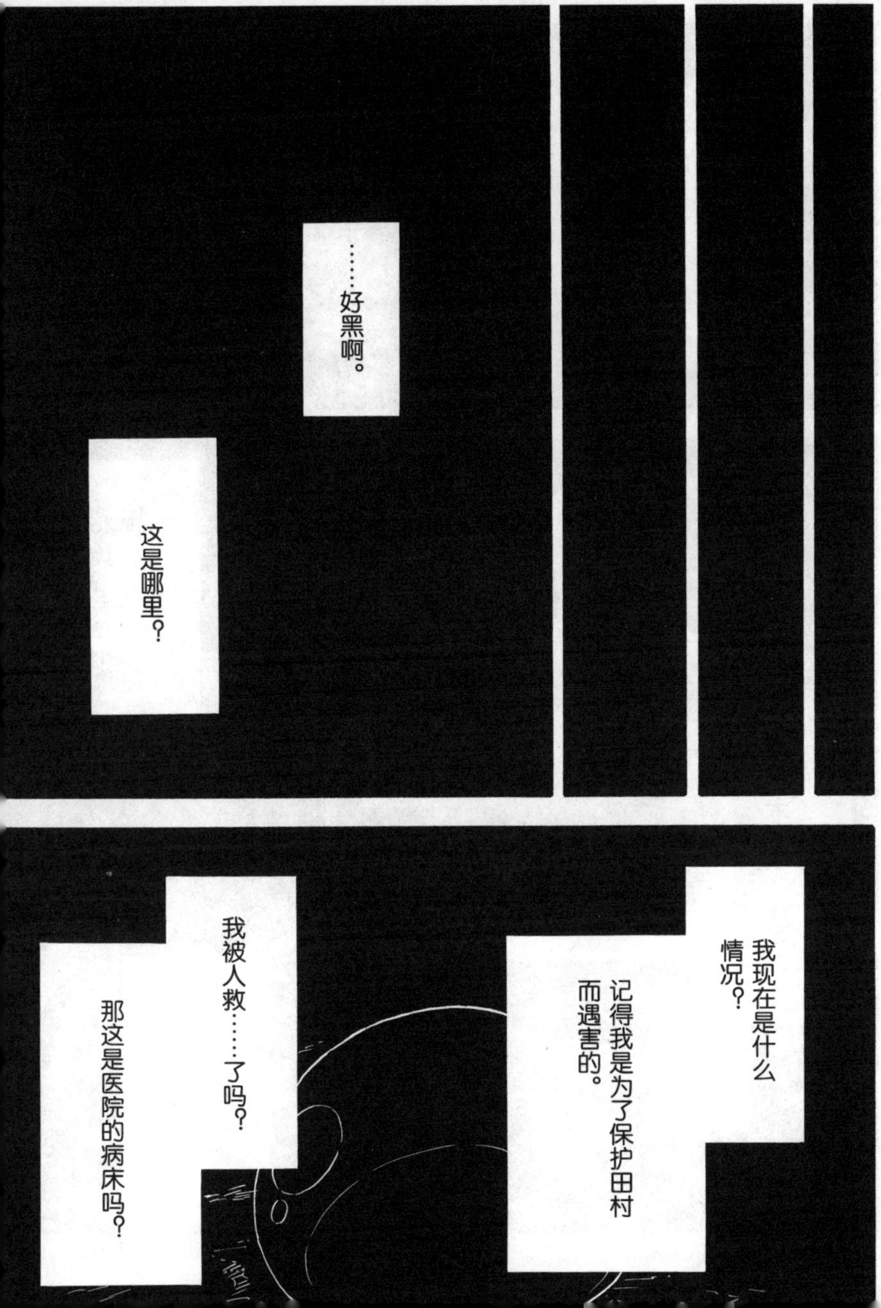
……好黑啊。
这是哪里？
我现在是什么情况？
记得我是为了保护田村而遇害的。
我被人救……了吗？
那这是医院的病床吗？

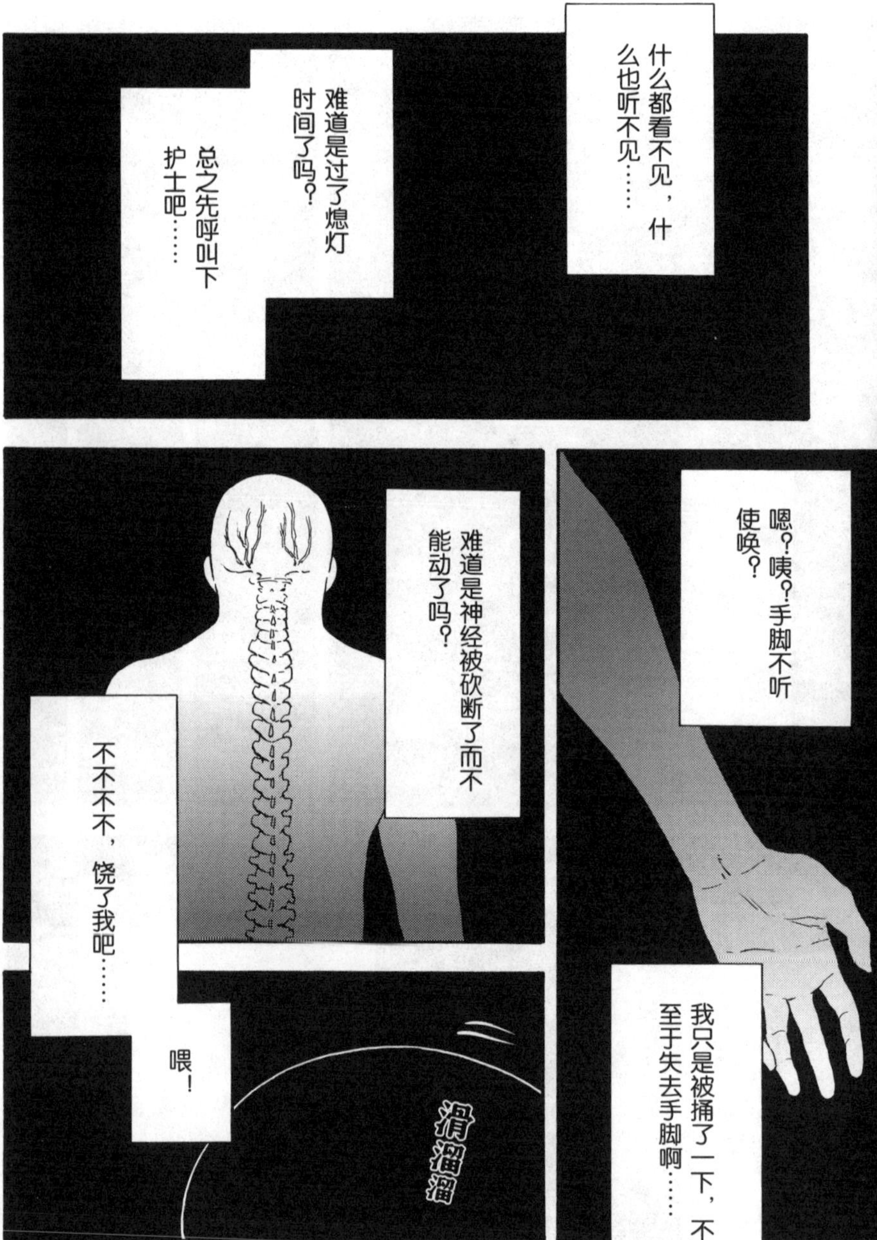
什么都看不见，什么也听不见……
难道是过了熄灯时间了吗？
总之先呼叫下护士吧……
嗯？咦？手脚不听使唤？
我只是被捅了一下，不至于失去手脚啊……
难道是神经被砍断了而不能动了吗？
不不不不，饶了我吧……
喂！
滑溜溜

能动……了？
滑溜
滑溜溜……
沙沙
！
肚子下面有草啊，
完全闻不出气味。
也没有视觉、听觉，只有触觉……
会有味觉吗？
吃点儿试一下吧。
话说嘴在哪里啊？
溶化
草溶化了！
这是溶化之后被我吸收了吧，也就是说……

我已经不是人类了？
哎呀，等等……
先冷静下来检查一下自己的身体。
……嗯嗯。
弹
原来如此，原来如此。
弹弹
哦？

嗯，大概是这个样子！
噗噜
ぷるん！
开什么玩笑，我才不会认同这种事呢！
啊啊啊……但是……
植物的分解、吸收，流线形的身体，
还有这种弹性的感觉。
虽然不想承认，但是看来我三上悟是——
我好像……
转生为史莱姆了。

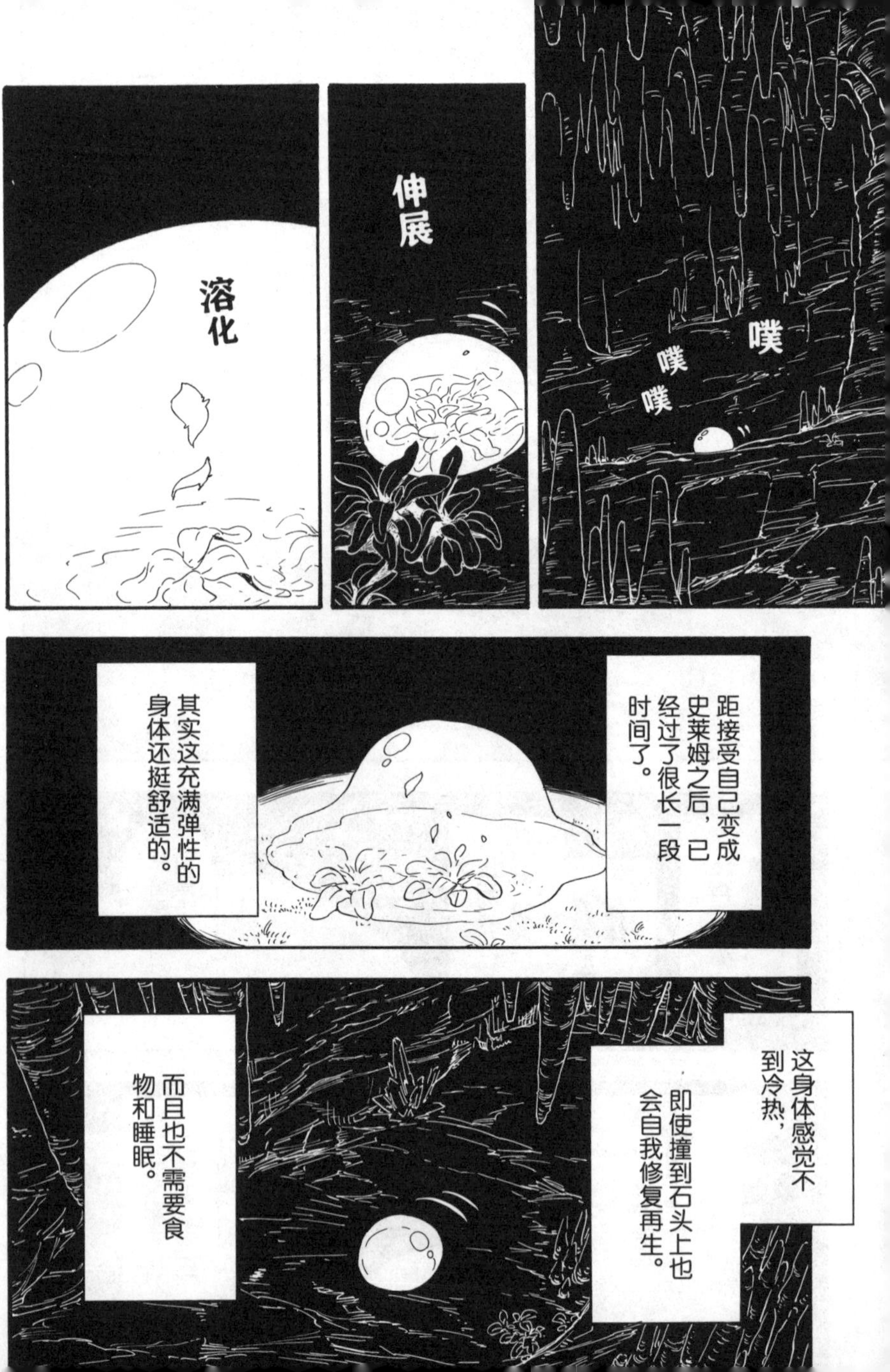
噗
噗
噗
伸展
溶化
距接受自己变成史莱姆之后，已经过了很长一段时间了。
其实这充满弹性的身体还挺舒适的。
这身体感觉不到冷热，
即使撞到石头上也会自我修复再生。
而且也不需要食物和睡眠。

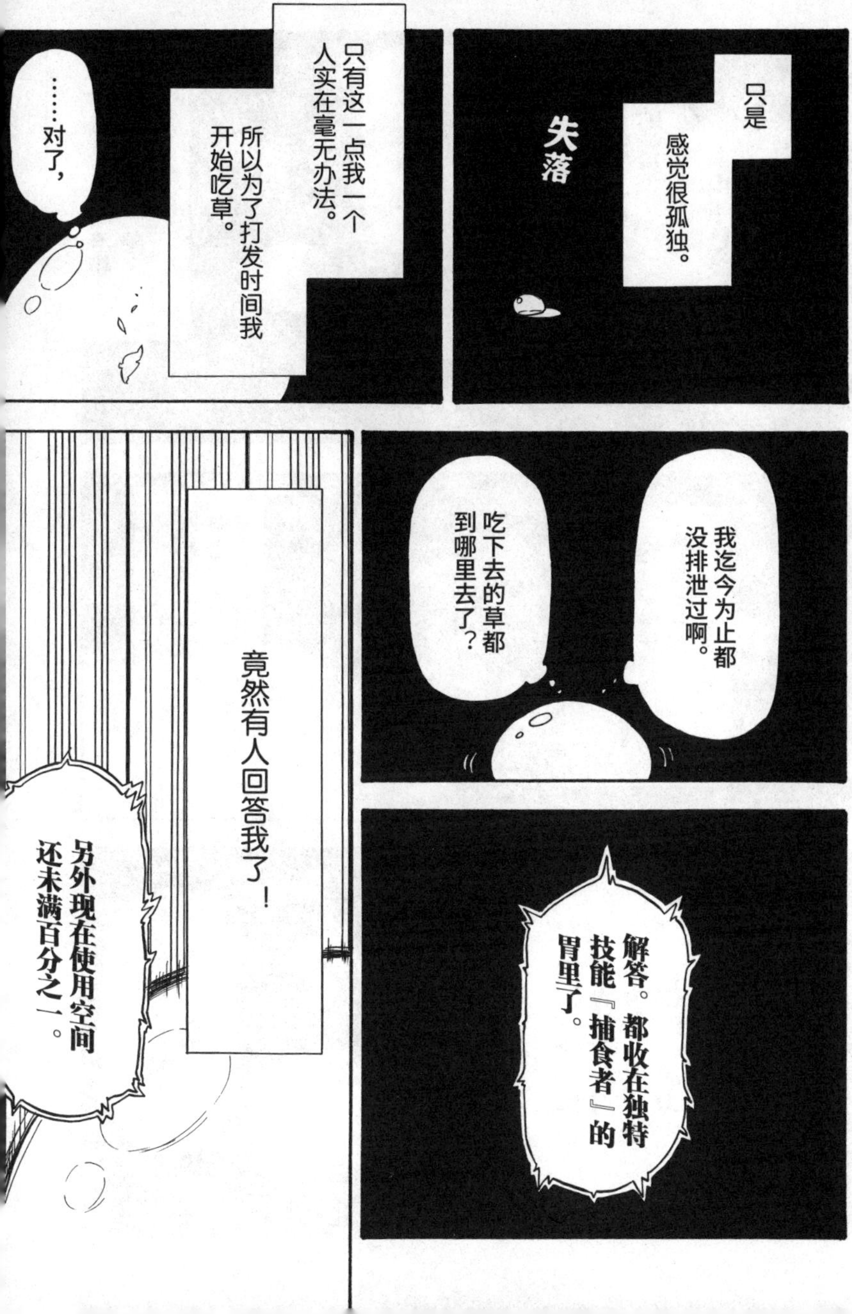
只是
感觉很孤独。
失落
只有这一点我一个人实在毫无办法。
所以为了打发时间我开始吃草。
……对了，
我迄今为止都没排泄过啊。
吃下去的草都到哪里去了？
解答。都收在独特技能『捕食者』的胃里了。
竟然有人回答我了！
另外现在使用空间还未满百分之一。

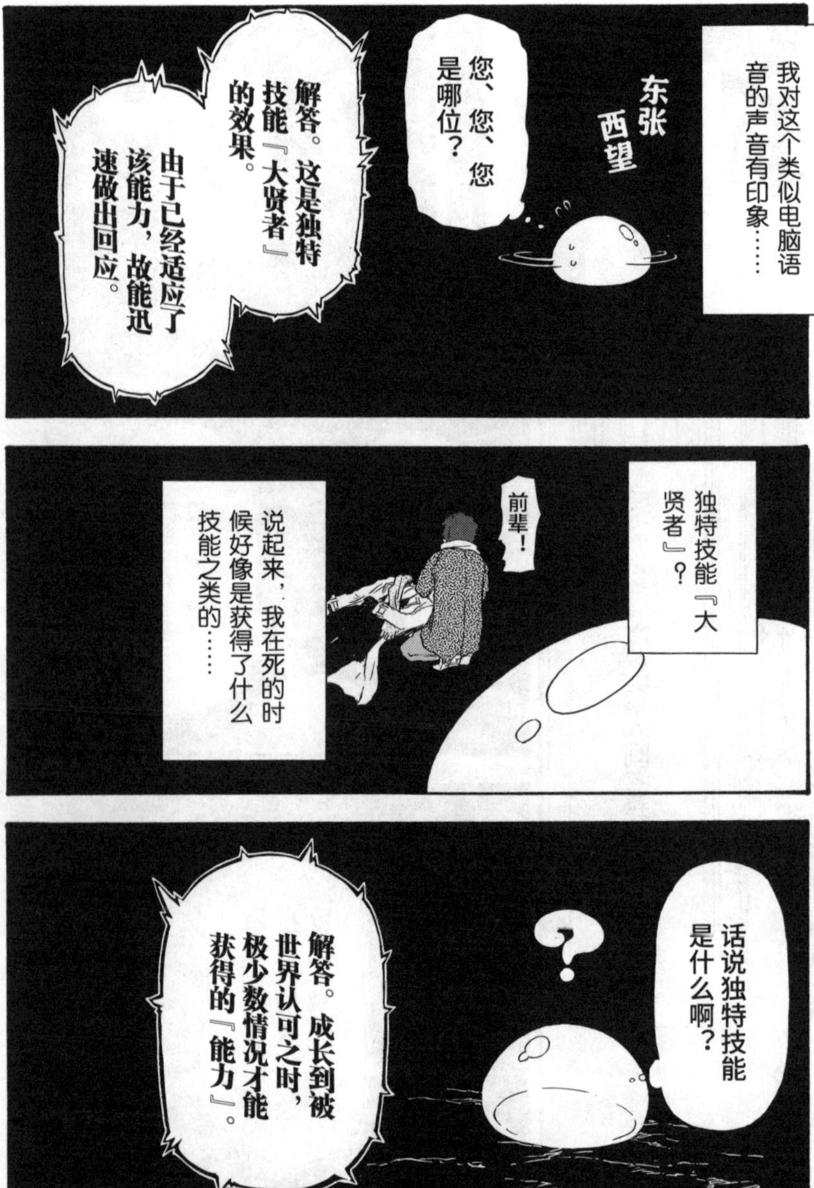
我对这个类似电脑语音的声音有印象……
东张西望
您、您、您是哪位？
解答。这是独特技能『大贤者』的效果。
由于已经适应了该能力，故能迅速做出回应。
独特技能『大贤者』？
前辈！
说起来，我在死的时候好像是获得了什么技能之类的……
话说独特技能是什么啊？
解答。成长到被世界认可之时，极少数情况才能获得的『能力』。

虽然我还不是很清楚……
不过这个世界好像就是这样。
『大贤者』和『捕食者』都是我的技能吗？
这个时候我完全沉浸在喜悦之中。
虽然是技能，但是可以和我聊天，
我已经很开心了。
结果……
技能吗……
抖
对。
我掉到水（大概是地底湖）里了。

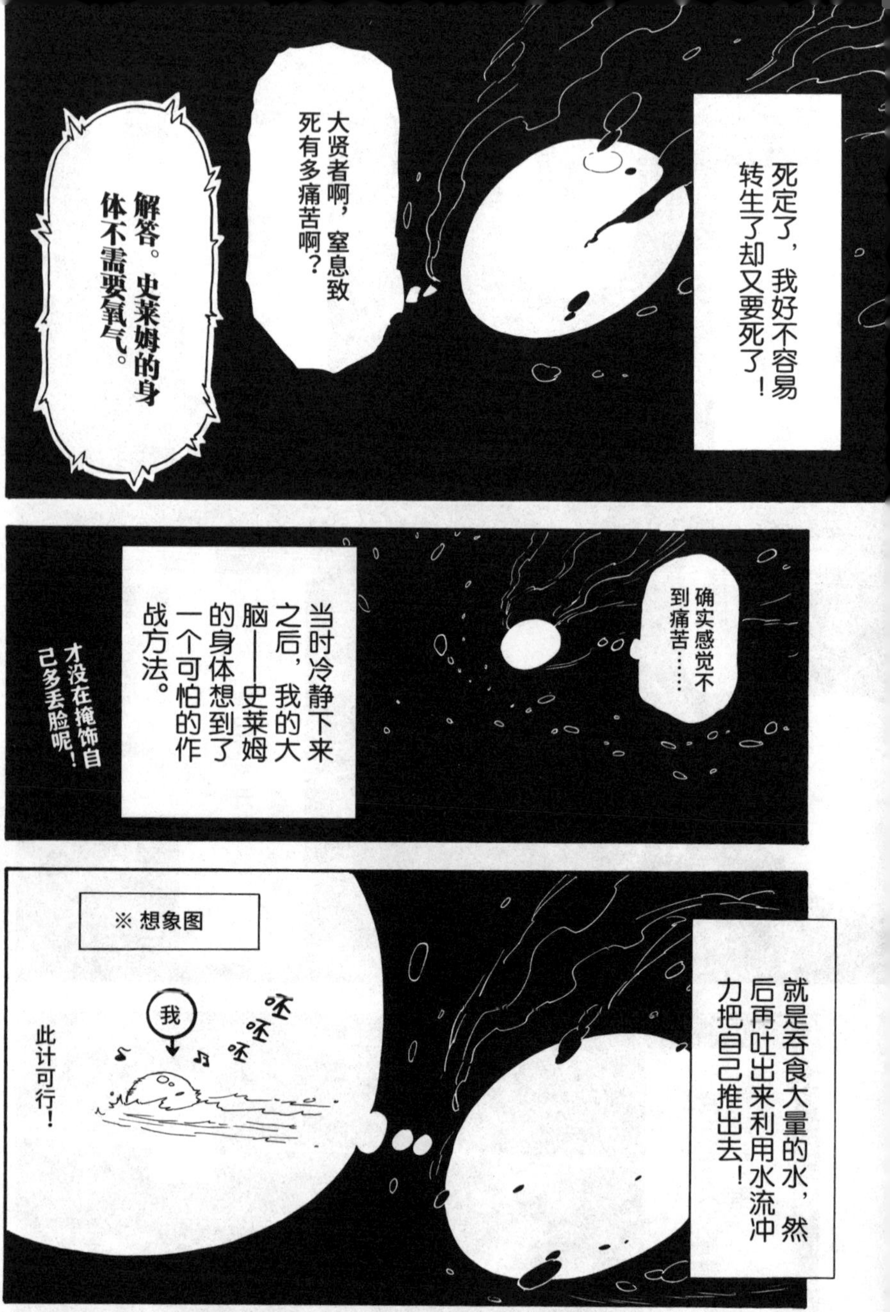
死定了，我好不容易转生了却又要死了！
大贤者啊，窒息致死有多痛苦啊？
解答。史莱姆的身体不需要氧气。
确实感觉不到痛苦……
当时冷静下来之后，我的大脑——史莱姆的身体想到了一个可怕的作战方法。
才没在掩饰自己多丢脸呢！
就是吞食大量的水，然后再吐出来利用水流冲力把自己推出去！
※ 想象图
我
呸呸呸
此计可行！

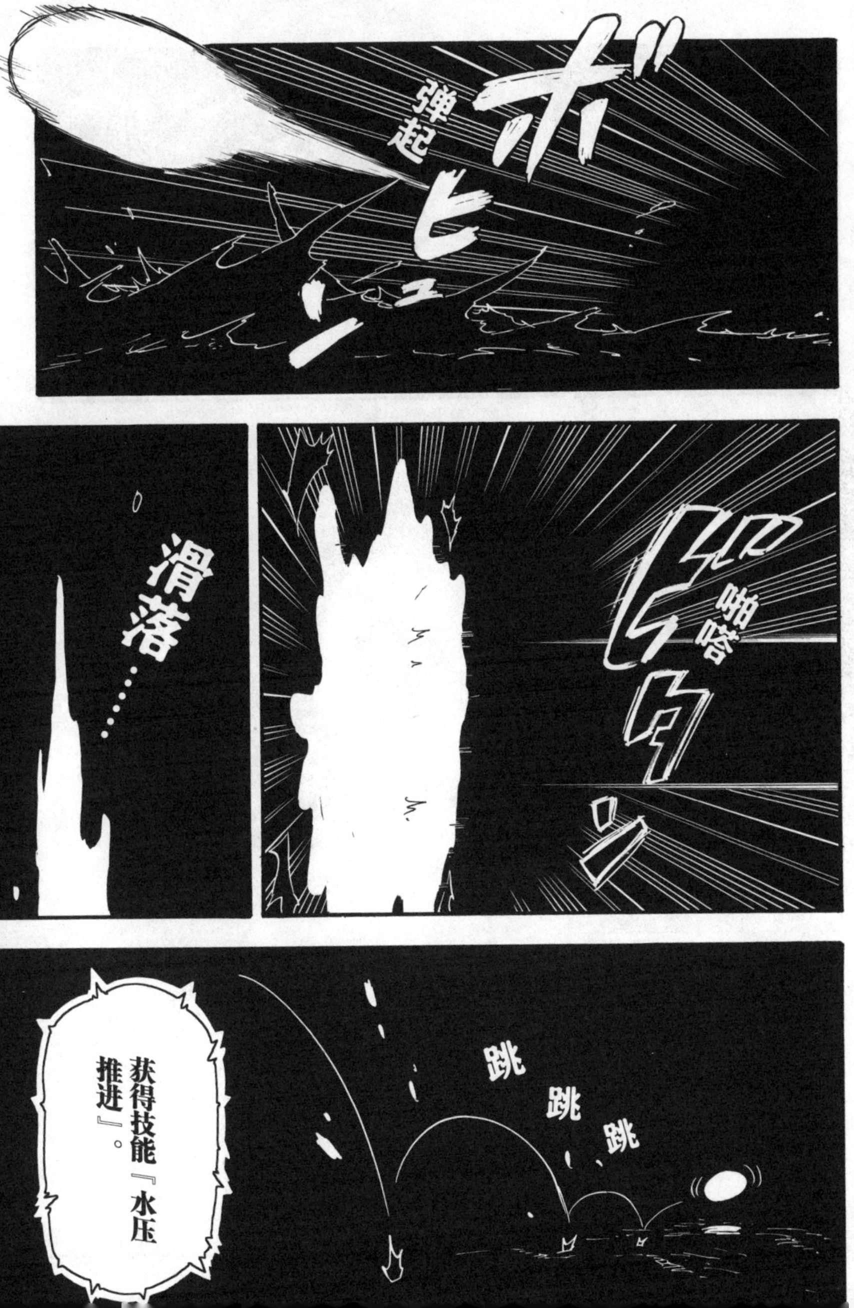
弹起
滑落……
啪嗒
跳
跳
跳
获得技能『水压推进』。

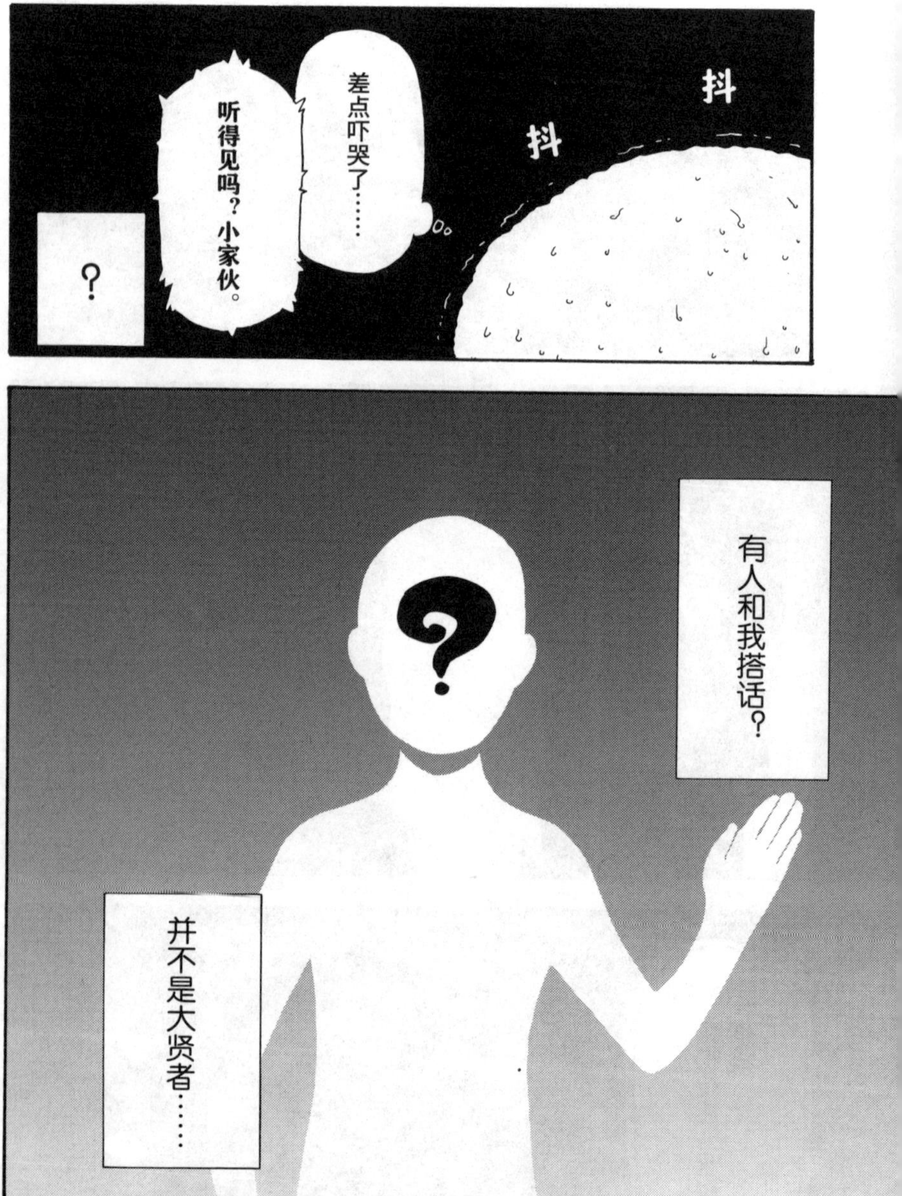
抖
抖
差点吓哭了……
听得见吗？小家伙。
？
有人和我搭话？
并不是大贤者……

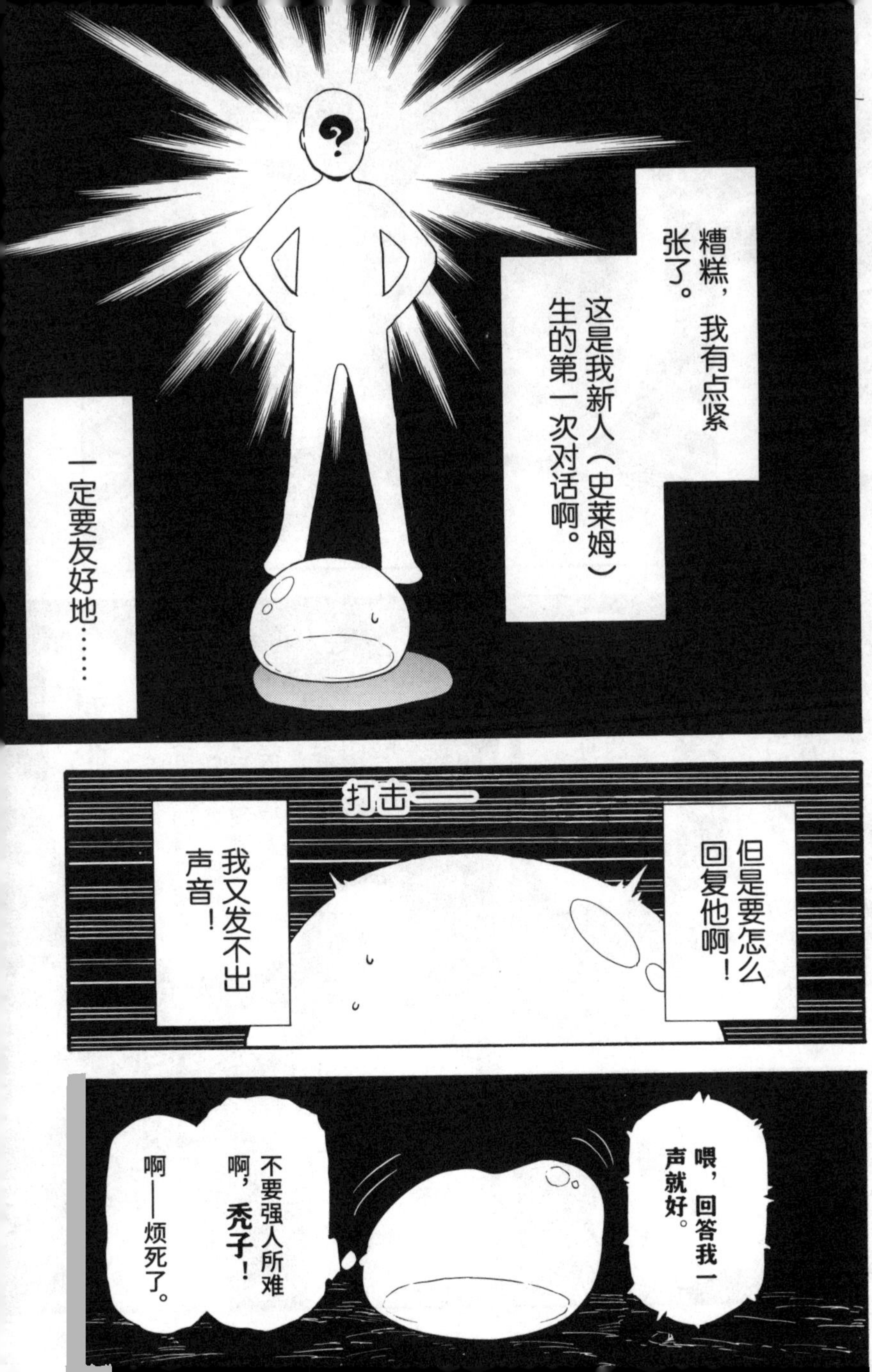
糟糕，我有点紧张了。
这是我新人（史莱姆）生的第一次对话啊。
一定要友好地……
打击——
但是要怎么回复他啊！
我又发不出声音！
喂，回答我一声就好。
不要强人所难啊，秃子！
啊——烦死了。

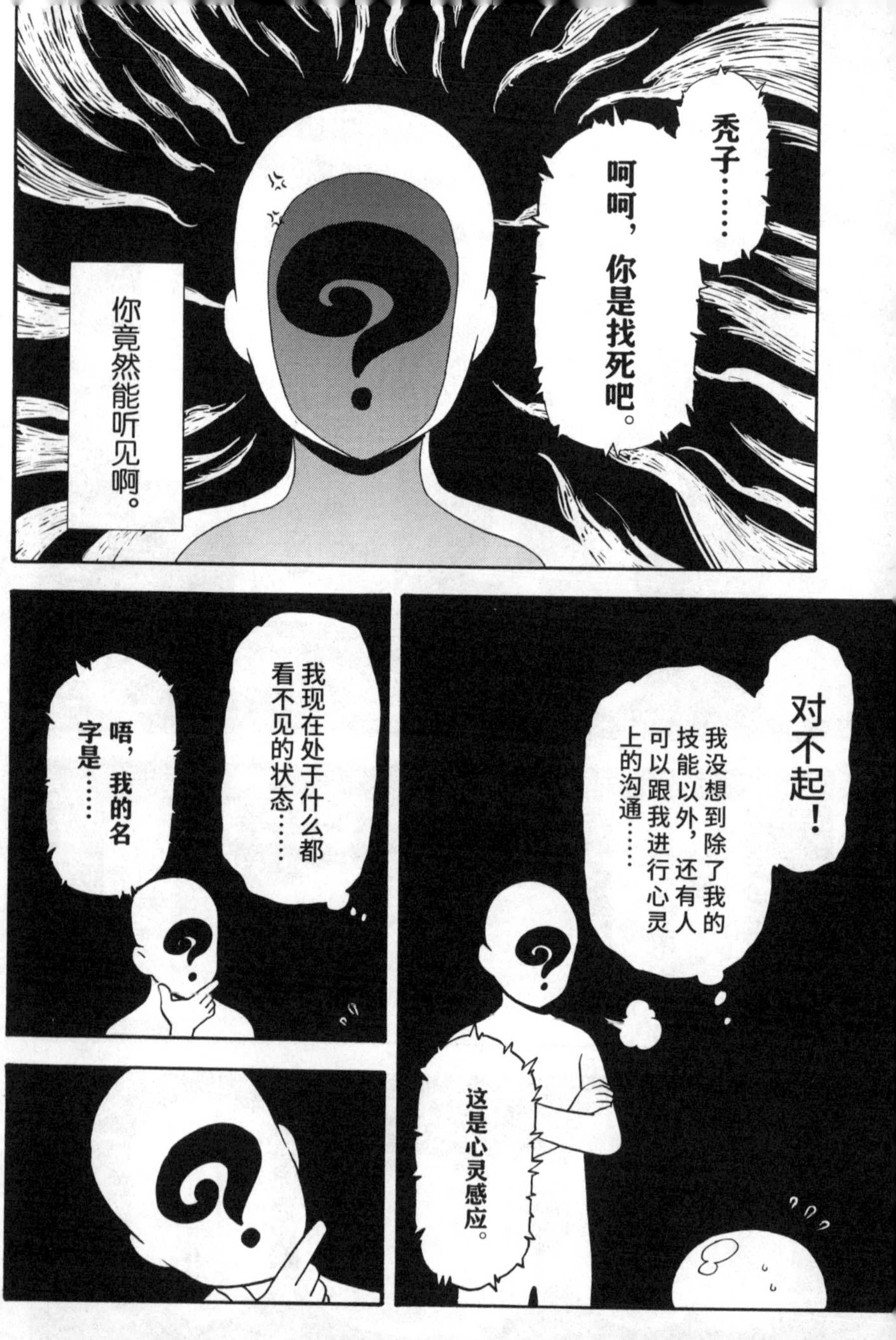

秃子……呵呵，你是找死吧。
你竟然能听见啊。
对不起！
我没想到除了我的技能以外，还有人可以跟我进行心灵上的沟通……
这是心灵感应。
我现在处于什么都看不见的状态……
唔，我的名字是……

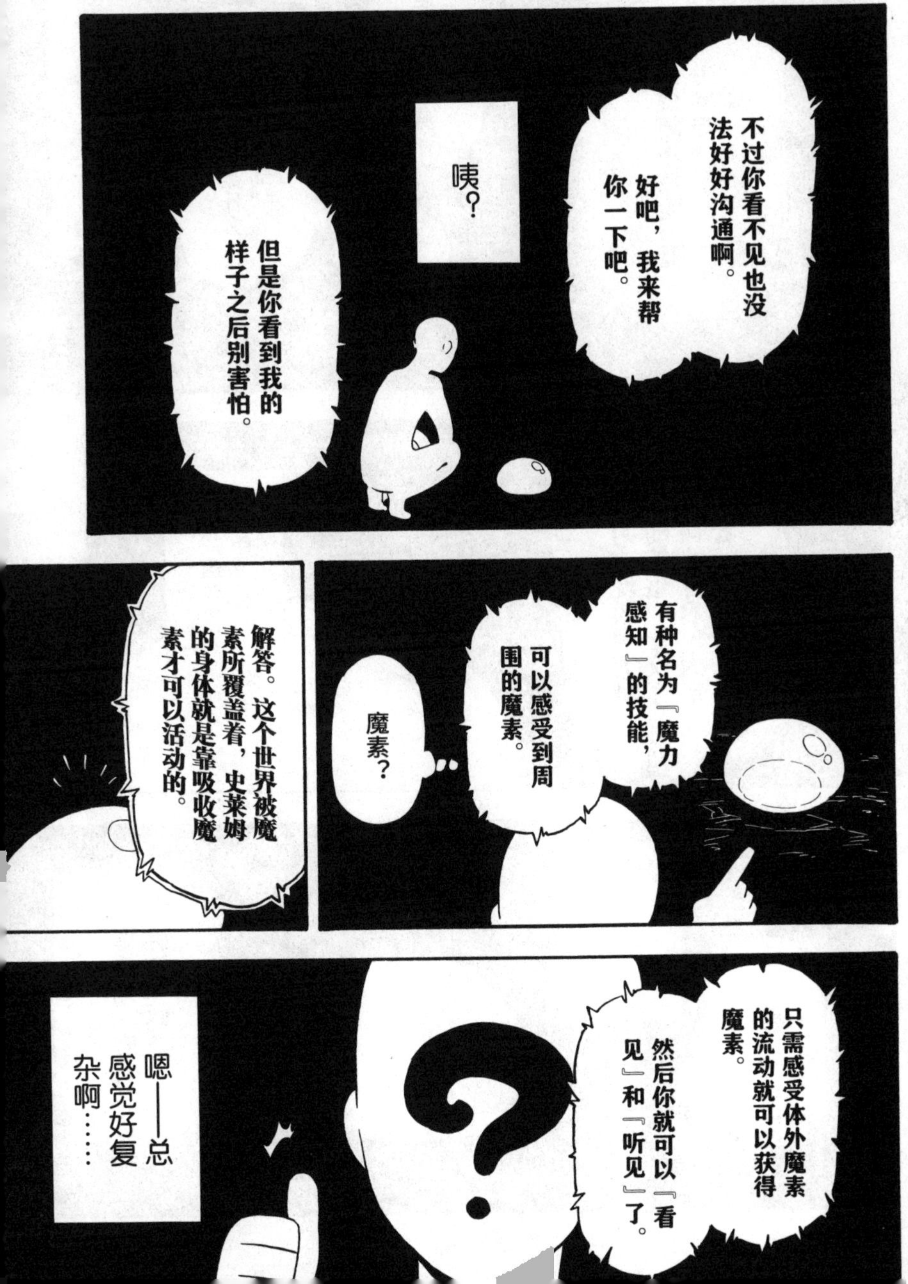
不过你看不见也没法好好沟通啊。
好吧，我来帮你一下吧。
咦？
但是你看到我的样子之后别害怕。
有种名为『魔力感知』的技能，
可以感受到周围的魔素。
魔素？
解答。这个世界被魔素所覆盖着，史莱姆的身体就是靠吸收魔素才可以活动的。
只需感受体外魔素的流动就可以获得魔素。
然后你就可以『看见』和『听见』了。
嗯——总感觉好复杂啊……

总之我先试试吧。
哇……感觉什么东西在飘动。
这就是魔素吗？
获得额外技能『魔力感知』。
咦，这么简单？
为方便管理大量的情报，建议你同步开启『大贤者』技能。
要使用『魔力感知』吗？
那是自然了。
是的！

!
唰
哇……
哇哇哇哇哇！
看见了，我能看见了！
看来你成功了。
是的，谢谢您——
那么我就再做一下自我介绍吧。

吾名曰暴风龙维鲁德拉。

是这个世界仅存的四只『龙种』之一。
唔——哈哈哈哈哈！
这不是龙嘛！
ふしゅぅぅぅ
抖
抖
……唔，喂，我不是说过让你别害怕了嘛。

虽然看起来很吓人，
但是这条龙很亲切，
而且很爱聊天啊。
原来你是来自异世界的转生者啊。
是啊，我可遭了不少罪啊！
你这转生形式很罕见啊。
偶尔会有转生者出生在这里，异世界的人有时候也会造访这里。
可来自异世界的转生者，据我所知还是头一个呢。
嗯——这样啊，
比起这个……
这里除了我之外还有来自异世界的人啊。
嗯，那些家伙好像能在来这个世界的时候获得自己想要的能力。

这样啊，我的技能是『大贤者』和『捕食者』之类的。
嗯 嗯
或许这儿也有日本人。我去找到他们见一面吧。
……这样啊，你要走了啊。
失落……
它寂寞得好明显！
那个……维鲁德拉先生不能离开这里吗？
嗯。
我三百年前被勇者封印之后就一直待在这儿了。
无聊得都要长毛了……
原来还有勇者啊……

勇者很强大，虽然看起来仅是个柔弱的少女。
但就是她使用独特技能『绝对切断』和『无限牢狱』将我封印了。
你该不会是沉迷于美色才输的吧……
笨蛋……
这怎么可能！
可你饶有兴致地讲着自己输掉的事情……
娇小的身材很苗条。
雪白的肌肤，银黑色的头发扎着马尾，
嫣红的小嘴。
观察得可真够仔细的。
这家伙大概是喜欢人类的吧。
看起来很厉害，但我已经不害怕了。
还特别怕寂寞

好！那个，你要不要和我做朋友？
什么？
区区史莱姆竟然想和我暴风龙维鲁德拉做朋友！
你、你不想就算了……
你个笨蛋，谁说不想了呀！
大声
呃，是吗，那怎么办？
说的也是……
既然你如此渴望，
瞄
我就姑且考虑一下吧。
……

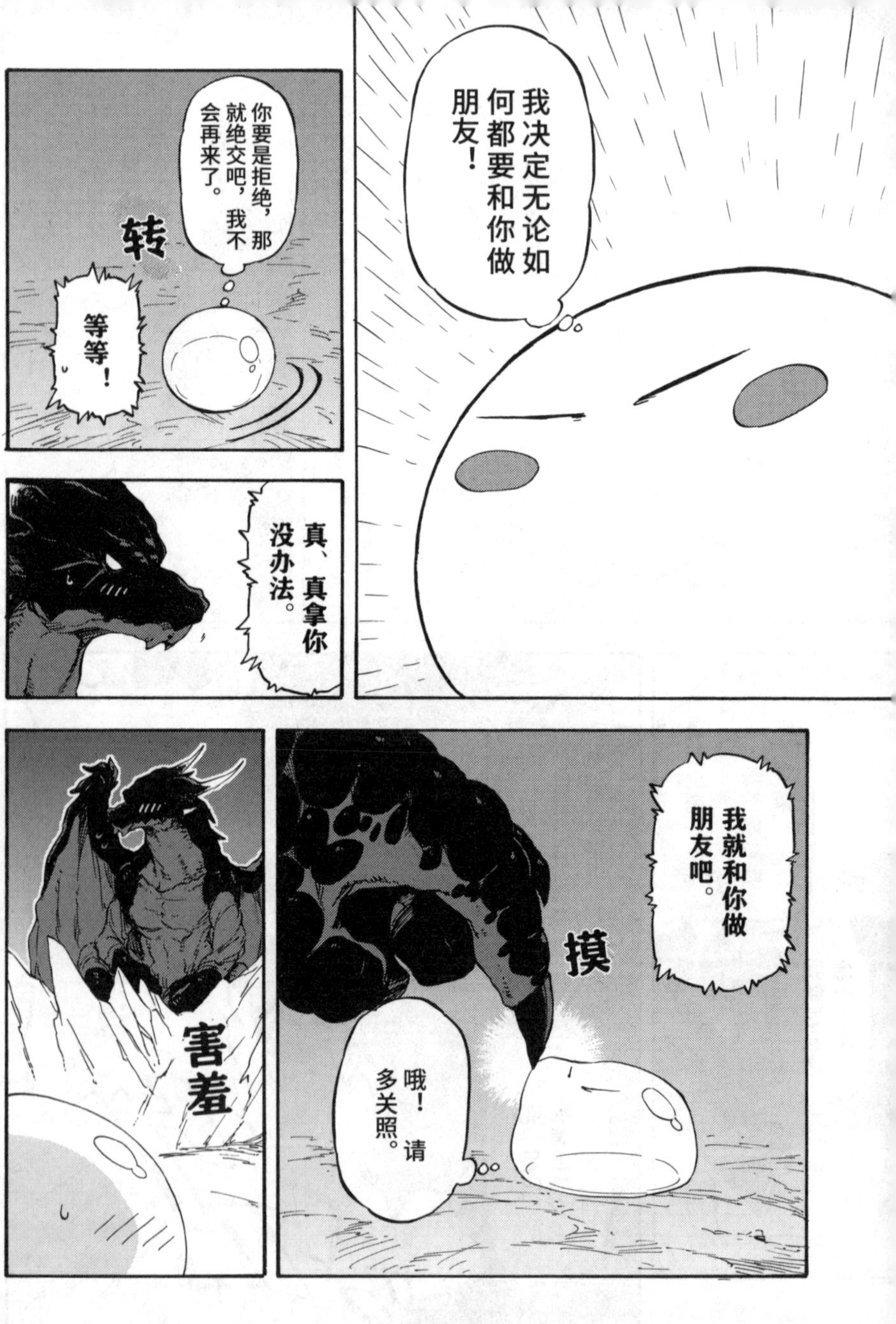
我决定无论如何都要和你做朋友！
你要是拒绝，那就绝交吧，我不会再来了。
转
等等！
真、真拿你没办法。
我就和你做朋友吧。
摸
哦！请多关照。
害羞

话说这个封印要怎么办啊？
嗯？
因为我不能把朋友放在这儿不管啊。
『大贤者』啊，维鲁德拉的封印要怎样才能解除呢？
解答。无法解除。
咦……
通过物理攻击无法破坏『无限牢狱』。
这样啊……不愧是勇者的能力，等级就是不一样啊。
要说有可能解除封印的方法——
……
嗯嗯，原来是这样啊。

……喂，你别光和自己的技能说话啊。
你别嫉妒啊，大叔。
我的技能说只要彻底分析『无限牢狱』的内外构造，就可以解除了。
唔，但是我的技能也被一同封印起来了，无法使用啊。
你只要把情报告诉我就好，我的『大贤者』似乎可以做分析。
那要花很长时间吧。
你不是想赶紧离开这里去见同乡吗？

嗯，所以我有个提议。
维鲁德拉，你要不要进我的胃里啊？
咯咯咯
咯呵呵
哇哈哈哈哈哈哈哈！
三次笑声都不一样啊。
有趣，就这么办吧，一切都听你的！

喂喂，你这么轻易地相信我真的好吗？
当然。
比起在这里寂寞地等你归来，和你一起打破『无限牢狱』更有趣！
那我现在用『捕食者』技能把你吃下去……
等下，在这之前……
？
我给你起个名字吧。
你也想一个我们共通的名字吧，
将你我平等的象征铭刻在灵魂之中。
哦？

※ 特恩佩斯特：英语 Tempest 的音译。

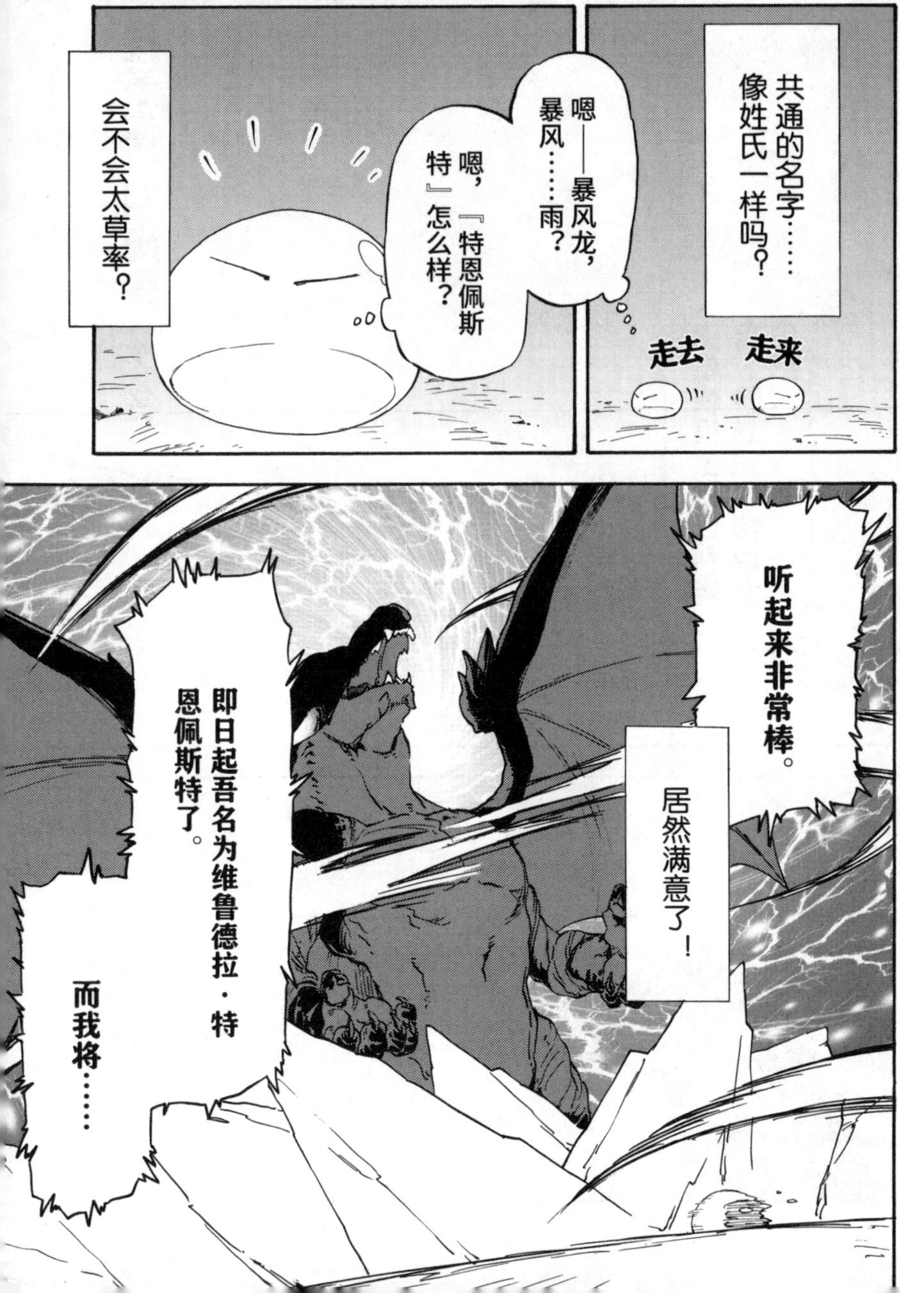

授予你『利姆鲁』之名。
你就快报上自己利姆鲁·特恩佩斯特的大名吧！
那么就拜托你了，朋友。

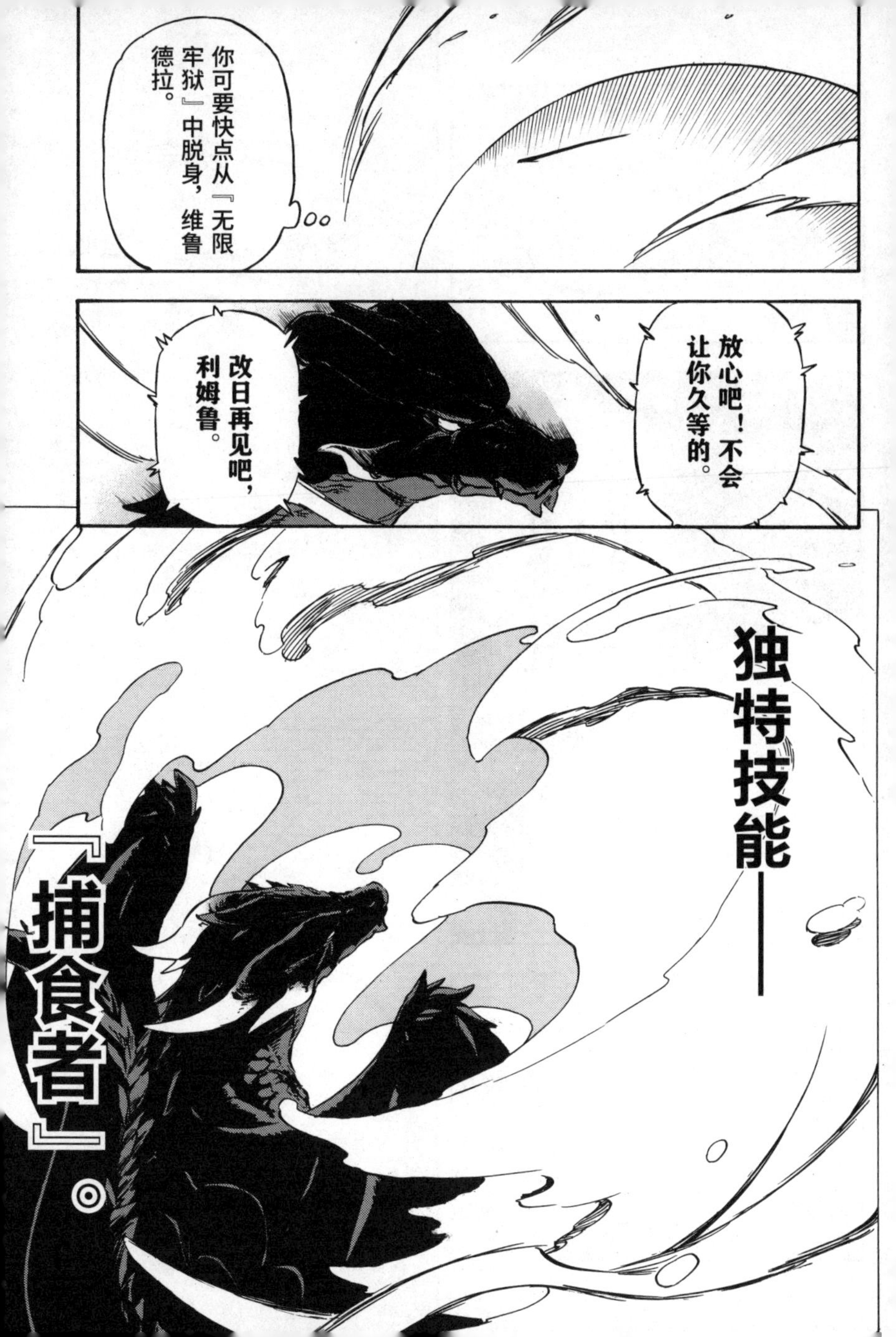
你可要快点从『无限牢狱』中脱身，维鲁德拉。
放心吧！不会让你久等的。
改日再见吧，利姆鲁。
独特技能——
『捕食者』。

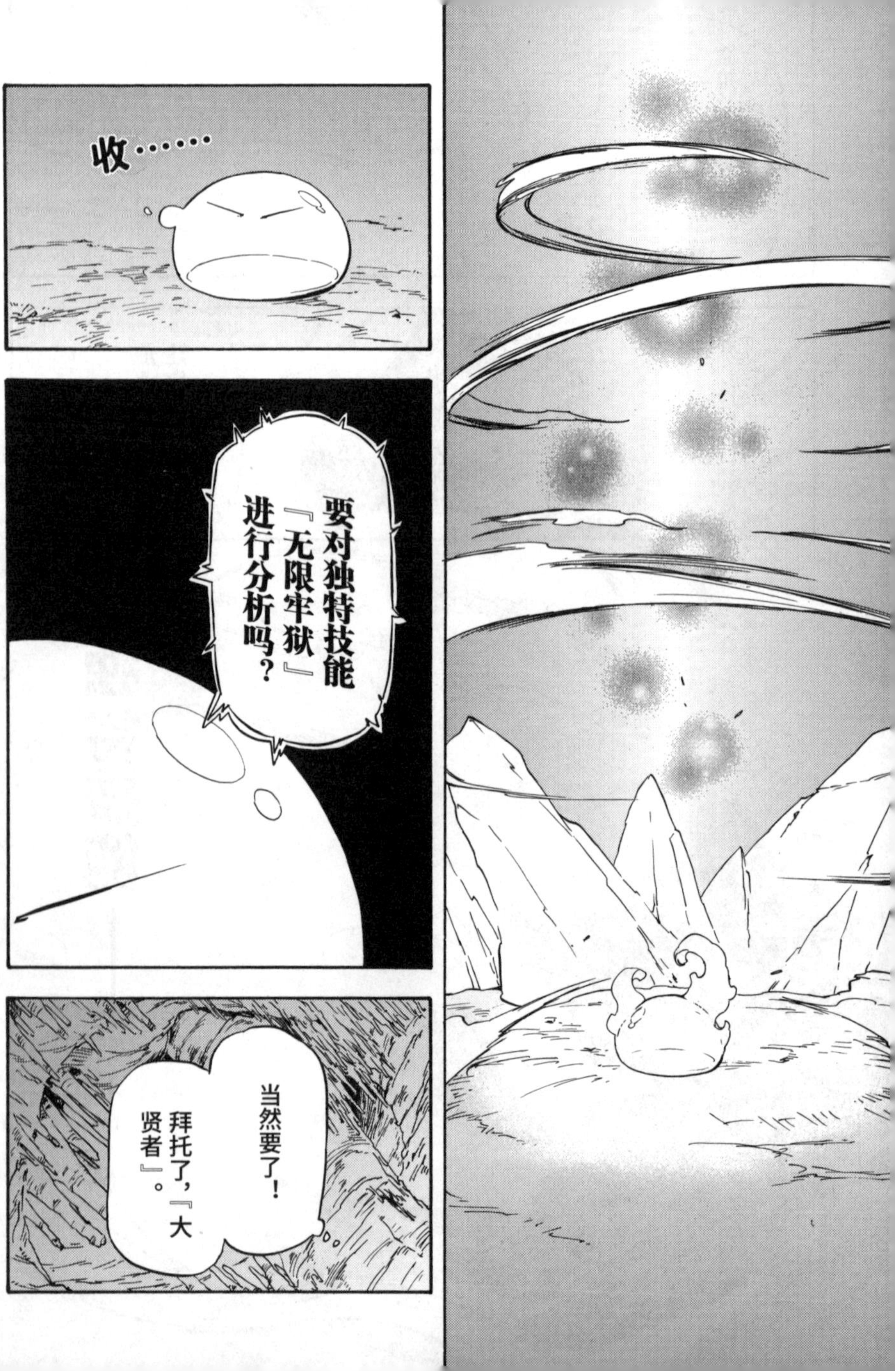
收……
要对独特技能『无限牢狱』进行分析吗？
当然要了！拜托了，『大贤者』。

这一天……
世界为之震撼了。
世人确认了天灾级魔物
暴风龙维鲁德拉的消失。

而那只身为始作俑者的史莱姆，
却对此毫不知情……
咕噜
咕噜
哔
※ 喷射
旅途当中说不定会被魔物袭击呢。
技能“水刃”获取
维鲁德拉没有丝毫反应。
因为它是个健谈的家伙，所以我现在觉得有些寂寞。
但我知道它并没有消失。
差不多该出发了。

下次再见的时候，
出口是这边吗……
给它准备一个有趣的段子吧。
话说回来，『利姆鲁』这个名字……
好像在前世的梦里听到过……
是什么来着？
算了不想了。

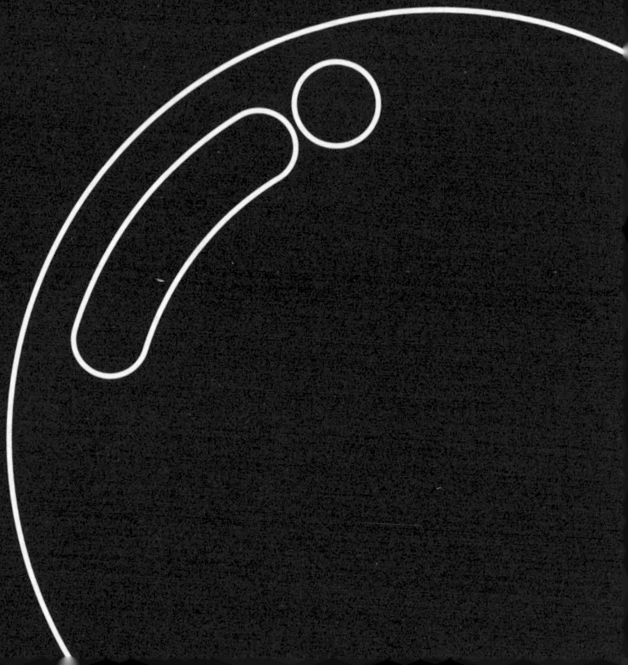

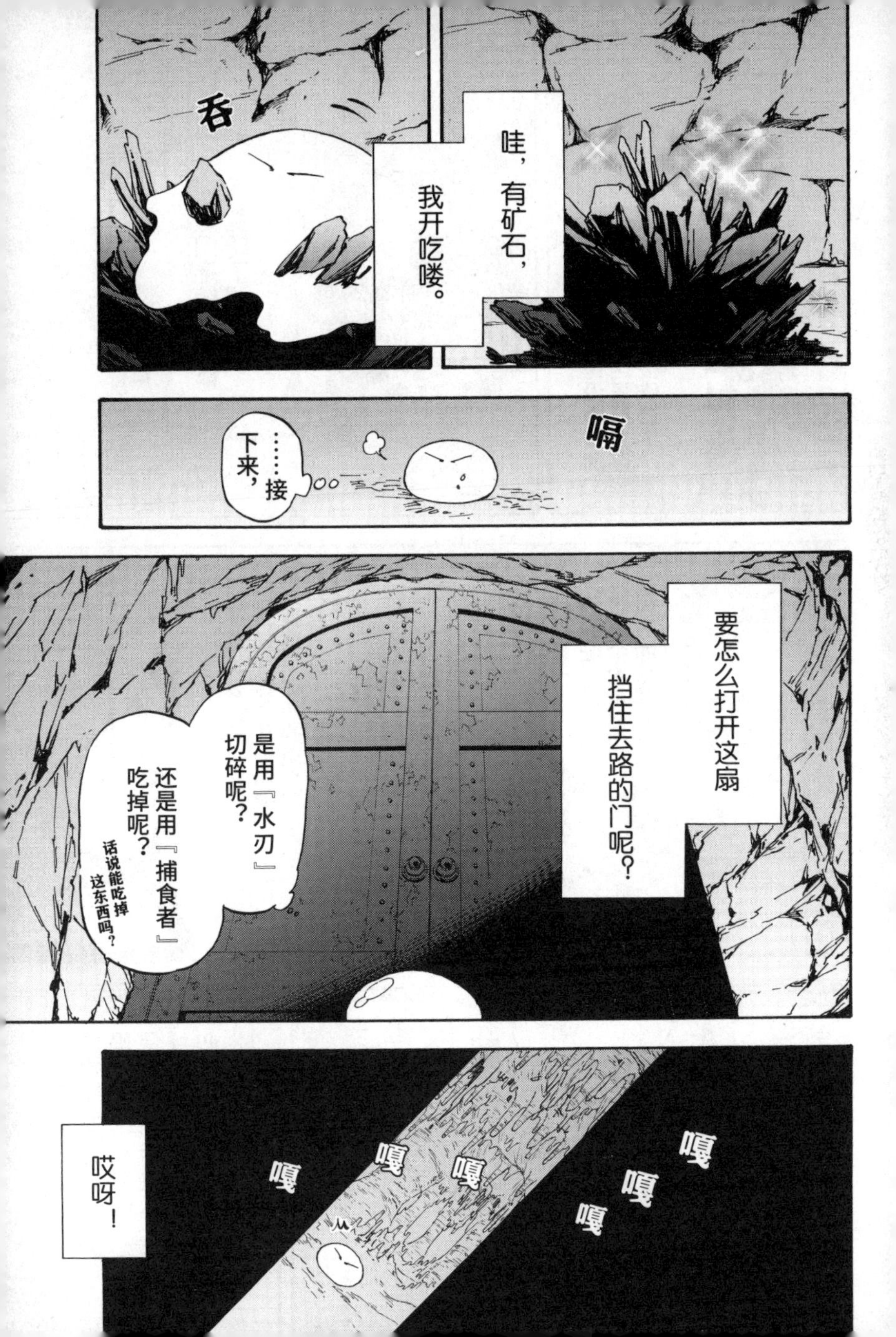

哇，有矿石，我开吃喽。
吞
嗝
……接下来，
要怎么打开这扇挡住去路的门呢？
是用『水刃』切碎呢？
还是用『捕食者』吃掉呢？
话说能吃掉这东西吗？
嘎
嘎
嘎
嘎
嘎
嘎
哎呀！

嘎
嘎
嘎
呼，终于打开了。
这门连钥匙孔都生锈了。
这也是没办法的嘛，这里都三百年没整修过了。
不过公会会长也真是胡来，竟然让我们调查这个封印的洞穴。
放心吧，龙也不过是个大点儿的蜥蜴而已。
看起来……像是人类，似乎是冒险者。
要和他们接触看看吗？不行，也不能保证和他们可以像维鲁德拉一样通过心电感应交流……
一旦搞砸……
魔物！
杀了它！
可能就变成这样了。

虽然很可惜，现在还是放弃吧。
要在人类面前出现，我至少也要能说话啊。
走吧！
请两位再靠近一点儿，这样便于我发动隐身术。
隐身术，是技能吗？
模糊
！
多么梦幻的技能啊！
竟然能随便隐身，真是不错。
好，出发——
嗯——
偷偷
偷偷
……看来有必要和他交个朋友啊。
弹
弹

第2话 哥布林村的守护者

——时间追溯到十几天前……
鸠拉大森林附近的小国
布鲁姆特王国
公会会长，叫你来不为别的，
是为了『暴风龙』维鲁德拉消失一事。
据此，我们猜测接下来魔物会变得更活跃。
布鲁姆特王国 大臣
贝鲁亚特 男爵
你说说公会对此有什么对策吧。
没什么对策。

制定对策是国家该做的事吧？
自由组合支部长（公会会长）菲茨
我们可不是志愿者，男爵。
……退下。
啪嗒
你憔悴了，贝鲁亚特，
白发也变多了。
别打岔。
我需要情报，菲茨。

这件事可能不只是魔物变活跃这么简单。
……东之帝国吗？
对，
现在抑制势力已消失，没有人可以阻挡东之帝国的侵略了。
东之帝国
卡纳托山脉
封印的洞穴
周边国家
尚未联手的鸠拉森林周边的国家瞬间就会沦陷，并受其支配。
……知道了，看在我们是发小的份上我就帮你调查一下吧。
以我个人的名义……
抱歉，帮大忙了……
行了，我也很在意维鲁德拉消失一事。

它不可能莫名其妙就消失，
封印的洞穴里定是出了什么事。
弹
弹
※元凶
忽然遇见
！
嗷
好可怕。
哇！
喷射
躲
溶化
我的天啊！

这可不是闹着玩儿的，这太吓人……
吐舌
吓人……
……咦？
哎呀？
仔细看看也没那么吓人啊。
没错，和维鲁德拉比起来，
可爱多了。
上吧，
用我这一周特训练成的必杀技。

看招。
「水刃」！
啪
噗哟
咚

嚯，『水刃』比我想象中的威力大啊。
不过这家伙吐息的溶解力也很强啊。
戳
戳
报告。建议用『捕食者』技能捕获岚蛇。
咦？
你连魔物的种类都知道啊……
话说你让我捕食它是怎么回事，大贤者？
解答。将对象捕食后进行分析可能会得到其技能。
真的吗？
那赶快吧……
吞下
我开吃喽。

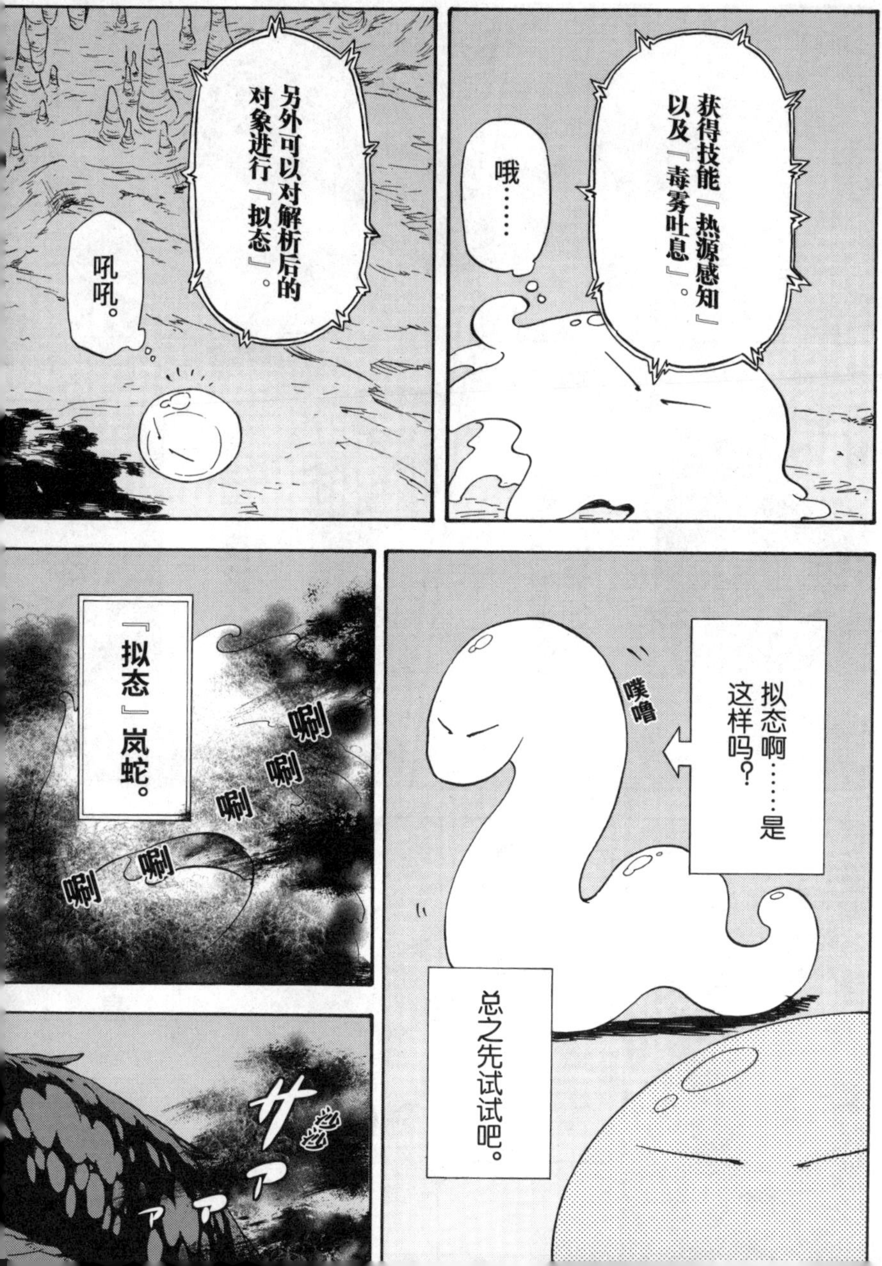
获得技能『热源感知』以及『毒雾吐息』。
哦……
另外可以对解析后的对象进行『拟态』。
吼吼。
拟态啊……是这样吗？
噗噜
总之先试试吧。
『拟态』岚蛇。
唰唰唰唰唰唰
サァァァ

ズオオオオ
还原度这么高！
吱
吱
噗，蝙蝠。
思考
等下？要是吃了那个，说不定……
※ 变化
『毒雾吐息』。
唔呀—
啪嗒
啪嗒
ドロオオ
化掉
噗，蝙蝠。

把『毒雾吐息』封印了吧……
我开吃了……
获得技能『吸血』和『超音波』。
不错不错。
呵呵呵，大贤者啊，你知道我为什么要捕食蝙蝠吗？
解答。我认为是为了获得发声器官。
哼……
？
说得不错。
技能本身无所谓。
我觉得只要拟态出发『超音波』的器官，说不定我就可以说话了。

唔，但是比预想的要难啊。
是这样吗？
还是这种感觉？
就这样，我连睡觉时间都牺牲了（虽然我不需要睡觉），勤奋地练习发声。
当然，在这段时间里我也经常会被魔物袭击。
沙沙
沙沙
沙沙
「水刃」！
「水刃」！
「水刃」！
啪
啪
啪
啪
啪
啪
啪
啪
击退！
捕食！
噫—
获得技能「粘丝」和「钢丝」。
孜孜不倦地领悟技能来强化自己。

到了第三天。
我是外星人。
成功了！
我成功了，大贤者。
是的。
反应好冷淡啊……
……
现在想来，我真是击退了不少魔物啊。
虽然不能疏忽大意，但是单挑的话大部分魔物应该都不是我的对手。
离开洞穴踏上路途的时刻终于到来了。
弹

啾
啾
这里原来是森林之中的洞穴啊。
好，上路吧。

散步。
发声练习。
水马
红色的
A、I、U、E、O
……真平静啊。
散步。
技能练习。
荡
“粘丝”
散步与发声练习。
柿子树
栗子树
好像在洞穴里被那么多魔物袭击的事情都是假的一样。
啪嚓
技能练习『钢丝』。
叽里
咕噜

※发声练习中做的训练。

嗷呜
呜呜……
咦？
呀
那到底是怎么回事啊？

好像很怕我的样子……
咔嚓咔嚓
嗯？
……哥布林吗？
大概三十只左右吧。
话说这里还有哥布林啊。
也对，毕竟是有着史莱姆和龙的世界嘛。
这些家伙是打算攻击我吗？
但是三十只哥布林对史莱姆会怎么样啊！
不过……

他们的身体瘦弱，
武器简陋，
说真的，我觉得他们的攻击不会对我造成伤害。
咕嘎，强者啊……
说话了？
你到前方有何贵干？
话说回来，为什么我能理解他们说的话呢？
解答。运用『魔力感知』把包含了意思的音波转换成可以理解的语言了。
另外附加『思念』发声的话就可以对话了。
是这样啊，那我试试。

初次见面，
我是名为利姆鲁的史莱姆。
史莱姆
微笑
……
咦咦？
咕嘎，强者啊！我们已经充分认识到你的力量了，
挪动
请您小声一点！

咦……难道是思念太强烈了？
小声
抱歉，我还不是很熟悉如何调整。
颤抖
不、不敢当，您无需向我们道歉！
话说你们找我有什么事啊？我没想到前面去啊。
是这样啊，在这前方是我们的村子。
由于感受到了强大的魔物气息，我们就赶过来查看了。
强大的魔物气息？

我的『魔力感知』并没有感知到啊……
咕嘎，咕嘎嘎，您真会说笑。
报告。百米以内不存在魔素超过名为利姆鲁·特恩佩斯特的魔物。
对吧。
我们可不会上当，单凭一只史莱姆不可能散发出如此强大的妖气。
是这样啊，那我试试。
咦？
妖气？
我不记得我有发出这种东西啊……
大贤者，把『魔力感知』的视角切换一下，我想看一下自己。
了解。

第三方视角
散发
哎呀不好，
全露出来了！
难怪狼见到我都跑了呢。
好羞耻啊！
感觉就像没拉裤子拉链还大步流星地走在大街上一样。
呵呵呵，看得出来吗？
当然！您的强者风范是掩饰不住的！
收！收！
散发
哦哦。

真是帮大忙了，很多人都害怕您这股妖气。
哈哈哈……不散发出这股妖气的话会被不少魔物缠上的。
就当是这么一回事吧……
那之后在我愉快地和哥布林聊天之际，
顺着他们的邀请就来到了村子做客。
看来是让我在这里过夜了。
他们的语言也很快就能听懂了。
就是那里。
大概是我已经习惯用『魔力感知』来获取信息了吧。

哥布林村
真是简陋啊……
让您久等了，客人。
没有什么像样的东西招待您，真是抱歉啊。
我是这里的村长。
啊，哪里哪里，不用客气。
咕嘟咕嘟
话说你们是有什么事才招待我的吧？

啪
我已经从我儿子那里听说了您所隐藏的力量。
我们有一事相求，不知您能否应允？
？
等我听完内容再判断，你先说。
好的。
大概在一个月前，守护着这片土地的龙神不知为何突然消失了。
龙……是说维鲁德拉吗？
为此，想要争夺更多领土的魔物们盯上了这片土地。

在这其中，名为牙狼族的魔物最为强大，
平常我们十只对付一只都会陷入苦战……
它们的数量是？
一群大概有一百只左右。
相比之下，即使加上雌性，我们的哥布林也不过六十只左右……
战力差距太过悬殊了吧……
牙狼族大概有一百只左右，这消息可信吗？
是真的。
……这是利古鲁与牙狼族拼死搏斗获得的情报。
利古鲁？
利古鲁是我的兄长，刚刚从魔人那里继承了名号，是村子里最强的战士。
因为有大哥在，我们才得以活到现在。

……利古鲁他已经不在了吗？
……他是我引以为傲的儿子。
就算弱者的命运只有死路一条，
赌上我儿子的骄傲，我们也要活下去。
村长，我想确认一件事。
如果我帮了这个村子，你们会给我什么报酬？
你们能够给我什么？

其实就心血来潮帮他们一下也可以的，
强者啊，我们将奉上我们的忠诚！
但我觉得需要厘清一下规矩。
……好怀念啊。

前辈，对不起！
拜托您了！
啊，真是拿你没办法啊……
怎么说呢，我是不会拒绝别人请求的人。
嗷嗷嗷
ギクッ
惊
是牙狼族的叫声！
惊慌
惊慌
惊慌
好、好近啊！

终于要攻过来了吗？
这下可糟了！
完蛋了！
我们都要被吃掉了！
快逃吧！
逃去哪里？
我们根本无处可去啊，
伤员、女人和孩子都在这里啊。
哇
呜
哇啊啊啊啊
你们冷静点……
不必害怕。

我来打倒它们。
那么……
啊，你们的请求……
就由我利姆鲁·特恩佩斯特，
代替暴风龙维鲁德拉接下了！

ドッ
扑通
ドッ
扑通
ドッ
扑通
ドッ
扑通

请赐予我们守护！
从今日起我们就是您忠诚的仆人！

最近的烦恼

前世的段子在这里行不通啊。

第3话 牙狼族的首领

……这些都是被
牙狼族所伤的人。
其中有的人已经
快撑不住了……
利姆鲁大人！
裹
亮——
嗯……
蠕动
蠕动
您这是……

べっ
呸
这、这是……
伤口愈合了？
不错不错，进展顺利。
裹
不、不愧是利姆鲁大人，竟然还拥有起死回生的能力……
呸
……好怀念啊。
这只是在我体内给他涂上恢复药然后再吐出来而已。
要问我恢复药从何而来？

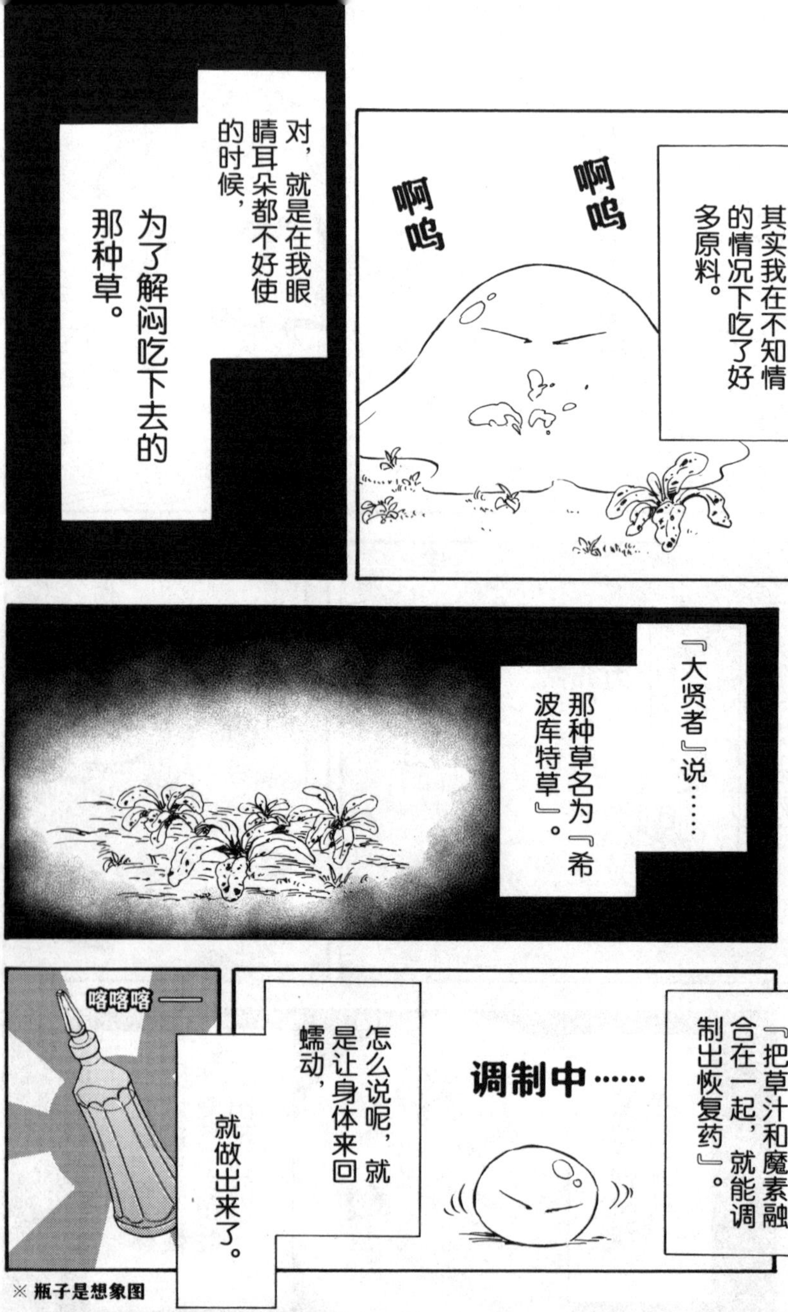
其实我在不知情的情况下吃了好多原料。
啊呜
啊呜
对，就是在我眼睛耳朵都不好使的时候，
为了解闷吃下去的那种草。
『大贤者』说……
那种草名为『希波库特草』。
『把草汁和魔素融合在一起，就能调制出恢复药』。
调制中……
怎么说呢，就是让身体来回蠕动，
就做出来了。
咯咯咯——
※ 瓶子是想象图

就是这样，我偷偷藏了大量的恢复药，
看样子还是很有效果的。
？
？
利姆鲁大人——
大家按照您的吩咐把『围栏』造好了……您看如何？
我对强度有些不放心啊，不过没时间了，就这样吧。
然后——
按压
按压

技能『粘丝』
ぶわっ
吐出
嗖——
嗖——
利姆鲁大人，这丝是……
原本是洞穴中的蜘蛛用的技能，后来被我夺来了。
夺来了？
那么，
迎击的准备就差不多了。

——多美的月亮啊。
今晚就把哥布林村子给歼灭吧。
以此作为征服鸠拉大森林的第一步。
嗷呜呜呜

上。
那些家伙已经没有邪龙的庇护了，
我们就尽情蹂躏吧。

啊！
来、来了！
它们来了！
牙狼族来了！

你们都站住。
父亲大人，这个就是上次跟您提的那个……
这就是你看到的那个带有异样妖气的魔物吗？
无聊至极。
这不就是只史莱姆嘛。

我只说一次，所以你听好了。
你们就这样撤退的话我既往不咎，
我劝你还是快点离开为好。
父亲大人！
那不是人类村落常有的栅栏嘛。
区区一只史莱姆竟如此狂妄。

你们给我上！
就那种栅栏在我们的爪子和利齿面前，简直不堪一击……
呀
？
这是什么？

这个就是刚刚的丝吗？我以为只是用来强化围栏的呢……
强化围栏用的是『粘丝』。那个就是『钢丝』。
ヒュ
ヒュ
咻
ヒュ
要边躲避箭雨和『钢丝』，边突破围栏想必很难吧。
呀
就算你们能到这里……
咕呜……

ぐしゃ
飞溅
不可能！我们是高贵的牙狼族，竟被哥布林和史莱姆这种下等魔物玩弄于股掌之间！
……我不服气。

父亲大人！
净耍些小聪明。
同伴的血粘在了丝上，得以看清陷阱，
只要用我的爪子和利齿就能轻松地切断它们。

区区一只史莱姆，别得意忘形了！
我要把你咬碎！
动
利姆鲁大人……

你太天真了……
静止
！
动不了了……
不好意思，那是『粘丝』。

技能
『水刃』
啪
哇
成、成功了！

ドチャ
掉落

父亲大人……
给我听好了，牙狼族！你们的首领已经死了！
是服从我们还是死在这里，你们自己选！
啊，不好，让它们逃走才是上策，一不小心竟强迫它们二选一了。
如果它们宁死不屈，一起冲上来怎么办啊？

……咦？没动静了，是不是因为头领死了，没人来做决策了啊？
独特技能『捕食者』
ぶわっ
吞噬
稍稍给它们点儿动力吧。
牙狼族的解析完成。
不错不错。

『拟态』牙狼
变化
呵呵呵，真是没办法啊！
这次就饶了你们吧。
怎么样？这魄力和还原度。

你们如若不想臣服于我，就速速离开此地吧！
快滚吧！
呜嗷嗷嗷
这下就能吓跑它们了吧。
我们全都臣服于您！
趴下
……咦？

吵吵
嚷嚷
嗯——
这下族群越来越狂野了。
接下来就该给这些家伙下达指令整顿村子了……
话说回来村长你叫什么啊？
那个，魔物一般是没有名字的。
即便没有名字也是能互相沟通的。
这样啊……
但是我叫起来就不方便了。
好吧。

惊讶
我给你们每个人都起个名字如何？
欸，为什么大家眼睛都放光了。
真、真的可以吗？
没问题，那么你们就排成一排吧。
哇啊啊啊
哇啊啊啊
哇啊啊
这么想要名字的话，自己取个就好了呀……
怎么回事啊……

我记得村长和你儿子，是村里最强战士利古鲁的家人吧。
是、是的。
那么身为父亲的村长就叫『利古鲁德』吧。
好好……
身为弟弟的你就继承兄长的名字『利古鲁』吧。
是！
那么剩下的人该怎么办呢？
你就叫——
『哥布塔』吧。
扑通
扑通
『歌布奇』。
哥布慈。
哥布特。
哥布德。
大家就不要期待我有多高的起名水平了。
你就叫哥布泽吧。
毕竟有这么多人，我也不可能慢慢想啊。

利姆鲁大人你没事吧？
嗯？
虽然我们知道利姆鲁大人的魔力十分强大，但是一次给予这么多的名字怕是……
没事的。
看到她们这么高兴地等待着，我不忍心停止啊……
不安
焦躁
雌性的哥布林啊……
让我想想……
叫『春奈』吧。
你是牙狼族首领的儿子吧？
嗯—
亮—
加载中……

写作岚之牙的『岚牙』。
你就叫岚牙了。
!
どうっ
咚
这……这种虚脱感是怎么回事……
利姆鲁大人！
利姆鲁大人！
啊，不好，『魔力感知』也没有了。
可恶，搞不清楚周围的状况了，
喂，大贤者，这是怎么回事啊？
解答。为了保留体内一定量的魔素残留，现在进入睡眠状态。

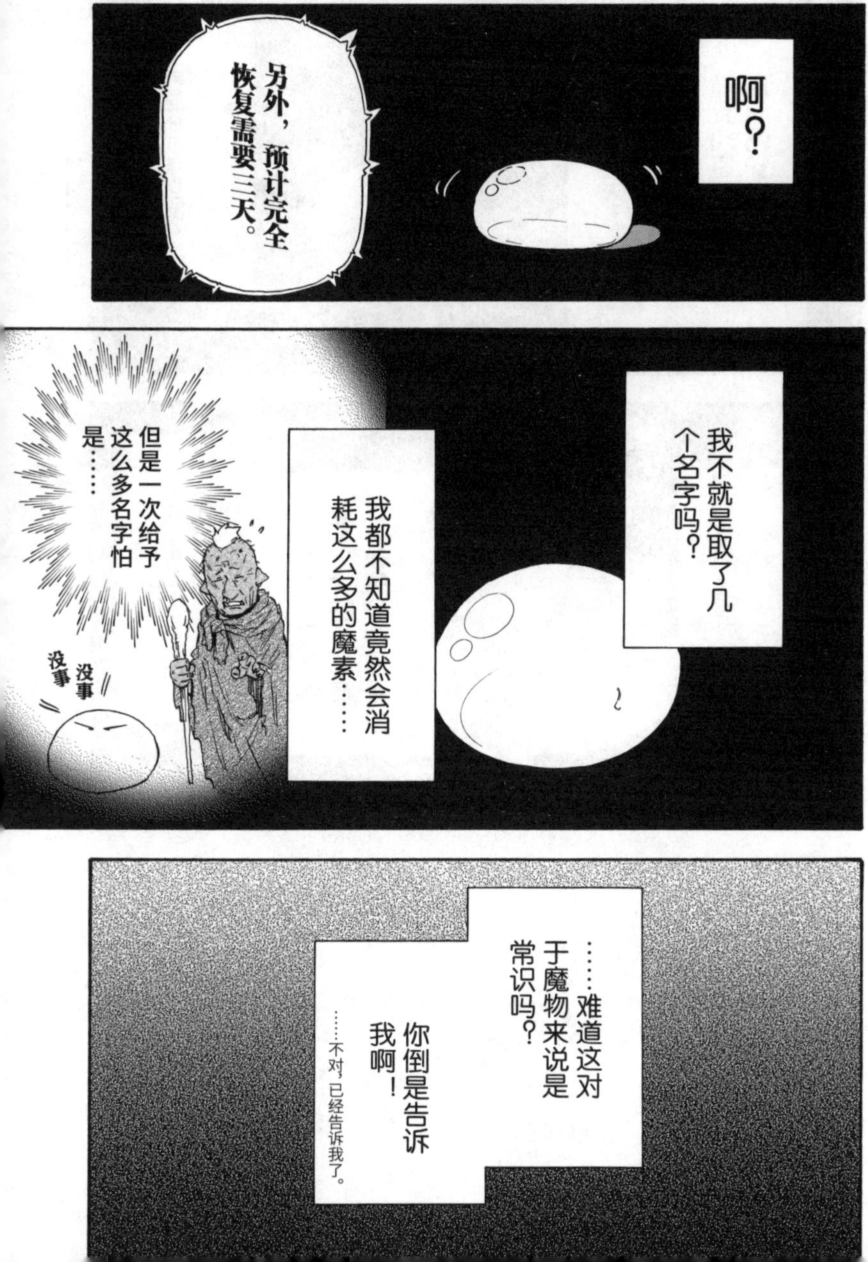

啊？
另外，预计完全恢复需要三天。
我不就是取了几个名字吗？
我都不知道竟然会消耗这么多的魔素……
但是一次给予这么多名字怕是……
没事 没事
……难道这对于魔物来说是常识吗？
你倒是告诉我啊！
……不对，已经告诉我了。

算了……反正三天后也能恢复。
这个触感应该是草席吧。
因为『魔力感知』关闭了，所以我看不见也听不见，但我知道他们在用心呵护我。
不断擦拭我这史莱姆的身体，
嗯——这要是美女护士的话我肯定会感到很兴奋。
滑溜
滑溜
但却是哥布林……
想象图——
……啊，虽然看起来有点超现实，但是我还是很开心。

三天后——
啊，利姆鲁大人。
您身体已经恢复了吗？
笑
你是谁？
我去叫利古鲁德大人。
啊，好的。
利姆鲁大人，您醒了！
啊，利古鲁德，刚才的那个女人是——

你谁啊？
这边请，宴会已经准备好了。
哦哦。
……总觉得大家都长大了。
利姆鲁大人……

您恢复得如此之快，我感到由衷的高兴。
我的主人！
※ 威风凛凛
岚……岚牙？
是。
甩来甩去
……这是怎么回事啊？
呼呼
呼呼
比他父亲还大。

利姆鲁大人已经醒来了，
大伙已经准备好宴会了吗？
准备好了！
哦！
但是……算了。
仅仅只是赋予了名字就能进化成这样，
雄性哥布林
强壮哥布林
雌性哥布林
美女哥布林
魔物真是不可思议啊。

第一辑
关于我变成史莱姆这档事
Regarding Reincarnated to Slime
第4话 目标矮人王国
……完全摸不着头脑。
岚牙狼族
由于得到了利姆鲁的赐名，这是牙狼族进化之后的形态。岚牙在统一了同类后，使牙狼族转为岚牙狼族，完成了种族进化。

欸——接下来，为了庆祝大伙的进化和战争的终结，
干——
盯……
杯……
不要盯着我看，干杯吧！
太难为情了！
利姆鲁大人，『干杯』是指……
咦？什么嘛，原来你们不知道啊。

仔细想想，前世的社会常识在这里怎么可能行得通嘛。
像这样举起杯子……
它们连人类都不是啊。
干杯
好像也没什么羞耻心之类的。
真奔放……
料理？仔细一看都是生的或者简单烤制的。
房子也很破旧。

……要解决的问题真是堆积如山啊。
热热
闹闹
咕噜
咕噜
第二天——
大家到广场集合！利姆鲁大人有重要的话讲。
是什么重要的话呢？
早！
纷纷
议论
什么都行，只要是利姆鲁大人说的话就行！
吵吵
吵吵

嘈杂
利姆鲁大人今早也是神采奕奕啊……
又要开宴会吗？
昨天的牛和鹿可真好吃——
嘈杂
我可是擦拭了利姆鲁大人的身体啊。
嘈杂
哇，你太狡猾了——
利姆鲁大人真有风度——
嘈杂
干杯——
喂，那话不是现在说啦。哈哈
嘈杂
嘈杂
咦，那胡子是怎么回事啊？
嘈杂
嘈杂
肯定有什么深远的含义吧。
啊，嘘——
……唉，刚刚大家花了五分钟才安静下来。

······
我的拿手好戏（模仿校长）竟然不管用！
调整下心情。
扔
快速转换话题，这可是能干的成年人的高级技术。
如你们所见，我们成为了一个大家庭。
因此为了尽量避免纠纷，我认为得制定一些规矩才行。

第一，同伴之间不可争斗。
第二，虽说你们进化后变强了，但是不可以蔑视其他种族。
第三，不可以攻击人类。
以上是我希望大家遵守的三条最起码的规矩。
那么就看他们的反应如何了。

可以提问吗？
哦。什么事？利古鲁。
举
为什么不可以袭击人类？
问题来了……
竟然对利姆鲁大人……
啊，没事没事。
瞪……
我很高兴大家向我提出疑问，这说明有认真听我说的话。

理由很简单，
因为我喜欢人类。
就是这样！
原来如此，
我明白了！
真好糊弄。
那个……人类是
集体生活的吧？
他们遇到袭击也
会反抗的。
嘿嘿
他们人数占优势
的话我们就不是
对手了吧？
讨伐——
嗒嗒嗒嗒嗒嗒嗒嗒

因此禁止我们这边先惹事，
相处融洽的话，我们会受益匪浅的。
不愧是利姆鲁大人，连人类都了解得这么详细。
当然，喜欢人类才是真正的原因。
毕竟我原来就是人类
这些事情还希望大家可以遵守。
好
那么在制定规则之后，我们来分配一下职责，
负责警卫、狩猎还有村子整备……
……
利古鲁德。
在。

我任命你为哥布林之长。
望你妥善治理村子。
遵命！我定会不惜一切代价完成使命。
啊啊
哇啊啊
不愧是利姆鲁大人。
嗯，我只是动动嘴就可以了，
可以君临却不用治理，这话真不错。
总有一天我也要去人类的城镇看看。
他们要是没我的指示就寸步难行的话，那可头疼了。

虽然全权交付出去了……
重建完了就这样？
让您见笑了……
嗯，利古鲁德，我不是怪你做的不好，
毕竟你完全不懂建筑学嘛。
太丢脸了……
我也是因为生前做过项目承包人，所以才能分辨出好坏。
但是我并没有指导他人技术的能力，该怎么办好呢……

这时候真希望能找点技术人员啊……
有了
啊！
我们倒是认识些人，之前做过交易，
因为他们都挺聪明，说不定会懂一些造房子的方法！
是吗？
交易对象都是些什么人啊？
是矮人族。
矮人!!
ドワーフ!!

说起矮人，就是那个吗？
有种精通锻造的印象……
兴奋 兴奋 兴奋 兴奋 兴奋
哦哦，您知道啊？
不愧是利姆鲁大人。
知道倒是知道，不过是从游戏和电影里知道的。
沿着大河北上，大概两个月的路程就到矮人国了。
如果凭着岚牙狼族的脚力，大概还可以更快些。
这样啊。沿河走的话，就不担心迷路了。
我直接去交涉。
利古鲁德，可以麻烦你替我准备一下吗？
中午前定将悉数准备妥当！

就这样，
现在我与随从一起向矮人国进发，
时速约为八十千米，为了防止自己掉下去，我用粘丝将身体固定在了狼背上。
但是下山谷时，还真是恐怖的体验啊。
期间瞄了一眼哥布林它们，表情特别夸张。
哇啊啊啊

虽然我有点担心它们的体力。
不过这个速度，根本没法好好说话……
要使用从牙狼族那获得的技能『思念传达』吗？
哦，对啊，说起来我还学会了这门技能呢。
要用一下。
喂——你们没事吧？
利姆鲁大人？
您无需担心，因为进化了的关系，我们并没有觉得很疲惫。
是吗？

话说利古鲁的哥哥也是从某人那里得到名字的吧？
他也进化了吗？
是的，但是却没有进化到我们这般程度。
兄长是以前被途经村庄的魔王军干部克鲁米特大人赐名的。
他说希望将来兄长可以成为他的部下。
这样啊……
因被赐名而进化，但因赐名者不同，进化的程度也会有所差异啊。
刚才好像听到了不得了的词汇啊。

魔王军！
果然有这种东西啊！
他们会去攻打人类的国家，进而征服世界吗？
话说回来，到那时候我该站哪边的阵营啊……

呼——
呼呼——
哥布塔，你之前有去过矮人国做物物交换吧？
啪吱…
是、是的！
惊
那是个什么样的地方？
那、那个啊，正式的名字叫『军事国家多瓦贡』。
是个由天然大洞穴改造而成的美丽城市。

精灵！
エルフ!!
不止是矮人，那里还有很多的精灵和人类。
真想见见啊。
但是我们这些魔物也可以进去吗？
精灵……
兴奋
兴奋
不用担心。
矮人国实施中立的自由贸易，
国王已经下令禁止在国内争斗了。
哦。
精灵……

据传这千年以来，矮人王率领的军队战无不胜。
精……千年！
这样一来就没有哪个傻子会去冒犯所向披靡的矮人王了。
那只要我们不多管闲事就没问题了吧。
是的。
……
但是我自己去的时候，在城门前就被找茬儿了。
不会有麻烦的。
那么，快休息吧。
哦——
总感觉刚刚好像说了句不吉利的话啊。
不过也许只是哥布塔不太靠谱而已，应该不会有什么事。

——距从哥布林村出发
已过去了整整三天。
眼前耸立着高大
的山峰。
山脚下是广袤
的牧草地。

军事国家多瓦贡

徒步要花费两个月的距离，我们只用三天就跑完了全程。

我们要留在这儿啊？……
确实，裹着腰布还伴有巨大的狼群一起行动的话，有点太显眼了。
这之后就由我和担任向导的哥布塔去就行了。
在我们回来之前你们就在森林入口处扎营吧。
好的……
哎——
路上小心！
嗷—
觉得有点过意不去啊。
这也是没办法的事。

可以进去了，下一个！
盘查得还挺严的啊。
队伍都几乎没动。
不过进去之后就能自由活动了。
嗯——
喂喂，这种地方居然有魔物？
！

这又不是在城里，现在干掉他们没关系吧？
喂，现在把行李放下快滚，我还能饶了你们的小命。
好吧。
战战 兢兢
被人类缠上了，哥布塔的话果然应验了。

哥布塔

为什么这家伙和进化前没什么变化呢……

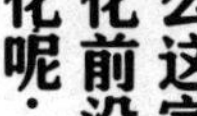

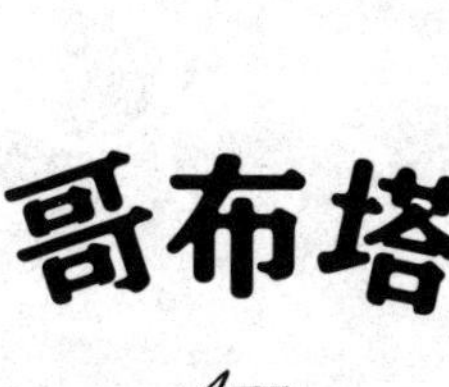

具有可能性的东西延长了哟！

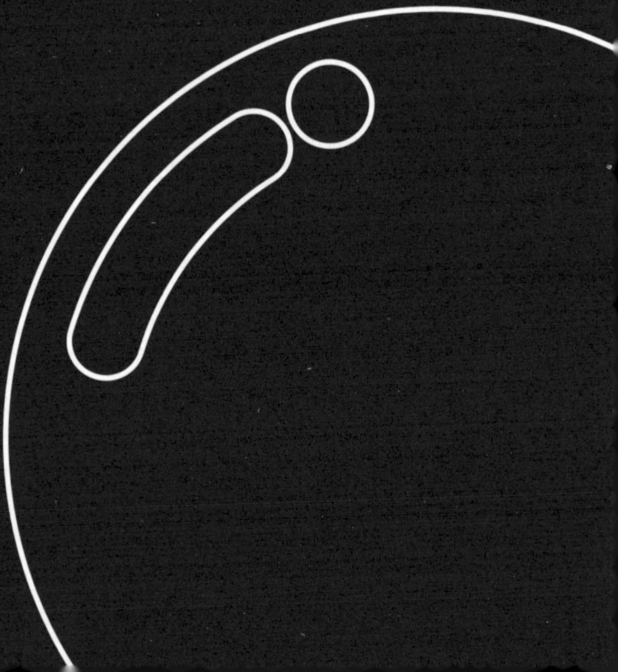

为什么……
※咔嚓
为什么会变成这样！

第5话 矮人工匠

所以，你有什么想解释的吗？
这个人是矮人王国警卫队的队长凯多先生。
把我装进酒桶然后丢入牢里的元凶就是他。
史莱姆的身体可以轻易地穿过牢房的栏杆吧？
等……
被人误解就麻烦了，所以我事先声明，
我什么坏事都没干。
咔嗒
咔嗒
我们只是排在了入国审查的队伍里。

然后……
喂喂，这种地方居然有魔物？
这又不是在城里，现在干掉他们没关系吧？
喂，现在把行李放下快滚，我还能饶了你们的小命。
其一，我被缠上了。
哥布塔……你记得我说过的第三条规矩吗？
敬礼！
记得，是『不可以袭击人类』！

嗯，那你就给我闭上眼睛堵上耳朵吧。
虽然搞不太明白，但是我会照做的！
喂，你个杂鱼魔物竟敢无视我们！
杂鱼？
惊
这话是说我吗？
当然是说你了，史莱姆是杂鱼中的杂鱼吧。
虽然会说话的的确很少见。
咦，原来我看上去像史莱姆啊？

你怎么看都是史莱姆吧！
这家伙敢捉弄我……
看来不给你点颜色瞧瞧，你是搞不清楚自己是谁了……
是吧？史莱姆先生。
拔剑
呵呵呵，你是什么时候错把我当成史莱姆的？
如果你不是，就赶紧让我们见识下真面目吧！

不过，倒也不算你们说错了。
噗哇
什……

如何？这才是我的真面目（骗人）。
『拟态』黑岚星狼
其二，变身为狼了。
我在这个姿态下把握不好分寸，如果看到我这个样子可以吓怕他们就好了……

哇啊啊啊
只是虚张声势吧？虽然现在外表看起来很粗犷，但是史莱姆就是史莱姆。
喂，过来，五个人一起干掉它！
完全没害怕！
而且还叫了同伴。
唔哦哦哦风破斩！
看招！
火焰球！
……
怒
你们有完没完了还！
虽然没造成伤害，但是太吵了。
呜嗷

其三，只是稍微吼了一声。
不好……
报告威慑的效果。
逃走十六人，混乱六十八人，昏迷九十二人，失禁……
那个……伤亡报告就免了。

喂，那边的家伙！
矮人王国的警卫队
ビクッ
惊
啊，史莱姆？
呃……嘿嘿嘿！
……事情大概就是这样。
喂，我没做错吧？
嗯……和目击者的证词大概一致。

队长，不好了，矿山发生了大事故！
不知为什么出现了甲胄龙……
你说什么？
咔嗒
如果不在他们跑出城之前收拾掉的话……
不，那边倒是没问题。
巡逻队已经前去讨伐了，
不过……

矿工为了采集魔矿石而进入了矿山深处，似乎受了重伤……
什么，伽卢姆他们？
当我们是空气了。
是啊。
因为准备战事，现在恢复药很稀缺，
这样下去的话……
别说傻话了！他们可与我情同手足啊，
怎么可能让他们轻易地死掉呢！
总之，先用现有的恢复药……
……

队长队长。
嗯？
戳
戳
啊，你这家伙竟然擅自出来了。
现在不是说这个的时候吧？
你不是需要这个嘛。
晃
这是……
晃动
晃动
恢复药。可以直接饮用，可以涂抹，品质优良。

大家都知道了，这是我（大贤者）特制的恢复药。
不过由魔物提供的来历不明的药品，一般不会有人想去试用吧。
这样下去队长的兄弟很危险吧？
现在也没有别的办法了，你就试试如何？
……
你们不许离开这里。
好
喂，我们走！
咔嗒咔嗒
队长你是认真的吗，那个是魔物的吧？
闭嘴，赶紧给我带路！

等了一个小时，
为了打发时间练习了一下操控丝线。
ピ
闪亮
东京塔
结果练到了很高的境界。
嗖
嗖
咔嗒咔嗒咔嗒
Z
救命之恩，感激不尽！

如果没有你给的药，我们就死定了。
非常感谢！
直到现在我都有点难以置信，被割烂的手臂竟然全好了。
嗯嗯。
太好了。
点头
……你倒是说话啊。
不过这么厉害的药我还是第一次见，
有什么我能帮上忙的，你尽管说。
哪里哪里
因为这件事凯多信任了我。

第二天，
我们被释放后决定去凯多介绍的铁匠铺看看。
哇
……好厉害啊。
是啊……
蒸汽朋克……

不愧是矮人国，和哥布林村比起来要先进得多啊。
尤其武器和防具特别发达。
连剑刃都微微地闪着光啊。
啊，这些就是那人锻造的。
咦？
我们要去见的那个铁匠师。

大哥，在吗？
咣—咣—
呼——
是凯多啊，抱歉，我现在很忙呢。
没急事就改天再来吧。
武器制作工匠
凯金
哦哦……
咣—咣—
嗯？

这不是昨天那三个人嘛，是在这里工作吗？
啊啊，您好，利姆鲁老爷！
凯金先生，正是这位哟。昨天救了我们的史莱姆。
这样啊，谢谢你了，不好意思，我现在抽不出空。
哪里，没关系，是我叨扰了。
老爹，和它商量一下如何？
嗯？

不不，商量了也没用吧。
但是这位先生可是有那种不可思议的药啊。
就是啊，老爹。
……
点头点头
喂喂，对区区一只史莱姆有什么好期待的。
……不过送个人情也不错啊，
不问下怎么能知道是否派得上用场呢？
跟我说说吧。
其实……
——原来如此，本周末就要提交二十把长剑啊。
不过原材料却不够了。

这是国家分配给各个工匠的任务，
接受了却不能完成的话，后果不堪设想。
这种剑不行吗？
啊，那不过是普通的钢剑罢了。
这次委托的是用『魔钢』所制的长剑。
和普通的剑有何不同？

我们这里有一把库存，
要看看吗？
嘎啦
哎呀，这把剑也闪着光呢。
以便于融合魔力的『魔钢』做核心，
简单来讲，就是可以按照使用者的想象成长的剑。
好神奇，我也想要！
当初不接受委托不就没事了。
我开始也是拒绝的啊。

结果那个叫贝斯塔的浑蛋大臣……
『名声在外的凯金先生，怎么连这种活都做不来啊』（笑）
他竟然在国王面前说了这种话……
冷静点大哥！
已经委托公会去采集了吗？
我找熟人帮下忙吧。
能做的我都做了，但是结果都令人绝望。
可恶，距离限期已经不到五天了……
ダン
当
嗯，是这个叫贝斯塔的家伙买断了『魔钢』来陷害凯金的吧……或许是我想多了。
话说大贤者现在方便吗？
在。

我在洞穴的时候见到矿石就吃，那些能不能……
解答。那是吸收了维鲁德拉·特恩佩斯特的魔素后形成的超高纯度的魔矿石。
另外，加以精炼便可提炼出「魔钢」。
好极了！
……嗯，情况就是这样。
喂，老爹。
嗯？
你愿意来我们村子做技术指导吗？
咔嚓

啊？不，我……
哎呀，我很中意老爹打造的剑啊。
吸收
喂，那是仅有的一把成品啊！
咕嘟
成品分析完成。
喂！
把钢剑也吃了……
素材确认完成，是否复制？是/否
咕噜
——是。
咕噜
啊啊
噗
唔噢！

我也不会强人所难。
但是请你好好考虑一下吧。
二十把魔钢长剑，完成了。

在利姆鲁大人离开的这段日子，
这个村子由我来守护！

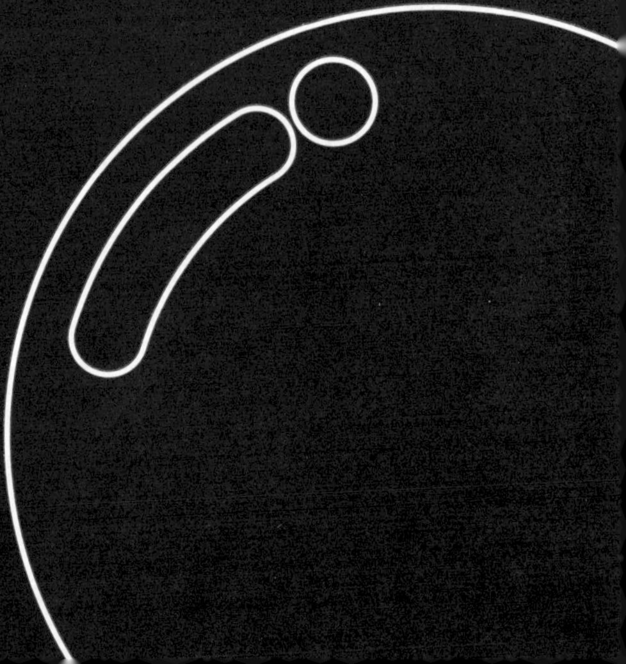

犒劳？
是的，多亏了利姆鲁老爷我们才能顺利完工，就让我们一尽地主之谊吧。
就不用麻烦了。
反正我也没味觉
会有很多美丽的精灵到场哟！
惊
对对，一起去喝一杯吧！
！
点头点头
……真是没办法，我就奉陪到底吧。
开心

第6话
命中之人
欢迎光临——

哇哦——

哇，好可爱啊！
呀——————♡♡
哇哦——
这些是精灵！
我头一次遇到精灵。
真特别！
还很热情！

怎么回事？我明明将『魔力感知』全开了！
这些精灵们却巧妙地将这个技能抵消了！
咳……是挑战吗，是对我发起的挑战吗？
可恶，可恶！
那个……你能玩得开心真是再好不过了。
啊
害羞

真是太感谢老爷了。
托你的福，我在矮人王面前保住了面子。
不过我真是佩服得不得了啊，我使出浑身解数才造好一把，你却用了数秒就批量制造出来了。
凯金，你原创的那把剑的确是把好剑，
我只是复制了一下罢了。
咕嘟
咕嘟
你是最棒的铁匠，凯金。
……

那个，老爷你之前说邀请我去村子里是吧？关于那件事……
啊，老板娘能再给我来一杯刚才那杯好喝的东西吗？
喂、喂，老爷？
史莱姆先生不是尝不出味道的吗？
有精灵为我斟酒，无论什么都会变得美味啊。
哎呀您真会说话。
凯金是这个国家的铁匠，想必国王也是有恩于他。
他似乎也是个重情重义之人，我也不想强迫他使其为难。

而且我觉得已经获得了足够的报酬。
啊，顺便一提，哥布塔在看家。
毕竟还是个孩子
滚
滚
你们过分—
那个，史莱姆先生不来玩玩这个吗？
嗯？
这是……
玻璃球？

我很擅长这个哟！
而且相当地受欢迎呢。
这、这样啊。
扑通 扑通
到底要用这个施展什么绝技呢？
是占卜。
这是水晶球啊
啊，是这么回事啊……
要替我占卜什么呢？
是啊，占卜什么好呢？
就来占卜史莱姆先生的『命中之人』吧！
嗯？
啊，这个主意好！

所谓的『命中之人』，通俗点说就是『老婆』吧。
不知道这一世的我能不能娶到老婆啊！
小悟♡
……等等？我现在是史莱姆啊。所以……是这样？
利姆鲁——先生♡
粉红色
不对，仔细想来史莱姆并没有性别区分吧？
伸——
要怎么增加数量呢，靠分裂吗？

话说，『命中之人』也未必就是指老婆吧。
与维鲁德拉的相遇从某种意义上来讲也是命运啊。
啊，显现出来了！
啊
靠近
是老婆吗？

……为什么？

我觉得自己认识这个女人。
我应该……并没有和她碰过面，
但是总觉得在哪里见过——
……欸，是在我生前最后的梦里见到的？
和那个变成了美少女（少年）的我很相似！

喂，那个人难道是……
那不是爆炎的支配者——
shizue · izawa吗？
是很有名的人吗？
她可是公会的英雄，
虽然看上去是个年轻的人类姑娘，但是已经活跃数十年了。
现在可能已经隐退了，在国内的某个地方培养新人呢。
英雄……

shizue · izawa……
izawa shizue？
翻译过来的话就是井泽静江吧。
果然怎么想都是个日本人的名字啊。
史莱姆先生很在意命中人吗？
欸？啊，没有。
真——狡猾。
戳
与其说是在意……
若是同乡的话倒是想见见……
喀啦啦
哎呀，欢迎光临。

喂，老板娘！这店里还允许带魔物啊？
欸？
怎么了？
不，那个，与其说是魔物不如说是个绅士的史莱姆……
你是说史莱姆不是魔物吗？
什么？

不好……是大臣贝斯塔。
嚯，那个家伙啊……
那个（我认为）陷害凯金的腹黑大臣吗？
踱步
踱步
原来如此，看起来很神经质啊……
……嗯？
喀
はしゃ
あ

哼！魔物只配这个待遇。
不好……
……我没事，没打湿姐姐的裙子吧？

当然我心里已经快气炸了。
唔
没关系，没什么大不了的。
可对方是一国的大臣啊。
不能因为我的暴脾气而给凯金和这家店的老板娘添麻烦。
ガタッ
起身
哎呀，凯金阁下，
你也在这家店啊——

どかっ
噗咯咯
がらっ
你竟敢找我恩公的茬儿。
你、你这个浑蛋！你以为你是在跟谁说话呢……
啊啊？
咿

你给我记住！
真是抱歉啊，把老板娘的店弄脏了。
咣当
这倒没什么……
凯金，你这样做好吗？对方是大臣吧？
这样一来你就不能待在这个国家了吧？
你说什么呢，你会给我准备容身之处吧？

……但是，你不是在为了国王而努力吗？
嘿，你果然是在意这个啊？
轻视恩人，即使侍奉国王，国王会高兴吗？
若是当时我不采取行动，岂不是让国王蒙羞？
所以还请老爷带上我！
……我知道了。
其实我就在等你这句话。
我就知道，哈哈哈哈。
好，接着喝——
哦——
细节都无所谓了，既然凯金想来我这里，那我当然接受了。

……虽然想威风一把，
不过殴打国家大臣，果然是不会被放过的吧。
大哥还有利姆鲁老爷，你们都干了些什么啊？
哼，不过是给那个笨蛋一点教训而已！
就这样我们被逮到了王宫。

——两天后，审判开始了。
庄严
庄严
这一天，
我第一次感受到了来这个世界之后的真正『危机感』。

军事国家多瓦贡，
现任国王加泽尔·多瓦格。
这个男人，毫无疑问……非常强！

前往第2卷转生吗？

> 是

否

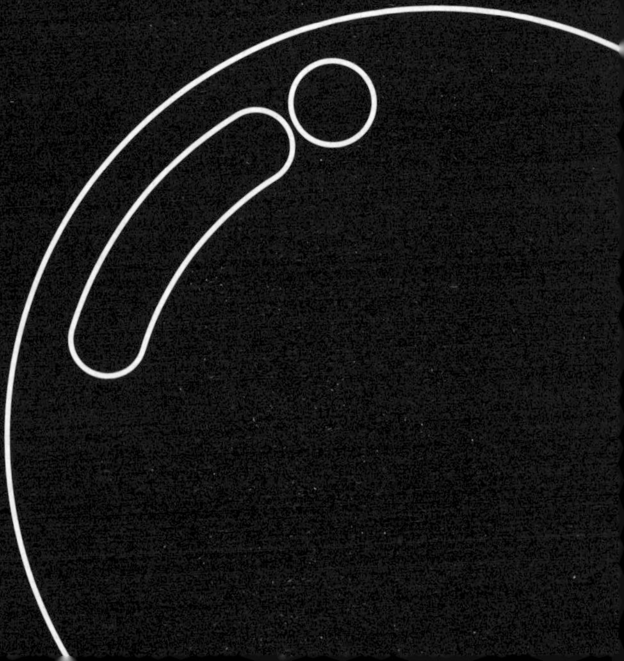

加笔小说

维鲁德拉的史莱姆观察日记
~相遇篇~

维鲁德拉的史莱姆观察日记
~ 相遇篇 ~

◆死亡——之后转生◆

嗨，是我。

维鲁德拉。

什么，你不知道我是谁?

唔咕——哈、哈哈哈！你还挺会说笑的嘛。

毕竟，我可是当世最强物种“龙种”的一员。本大爷“暴风龙”的威名可谓无人不知，无人不晓。

话虽如此，我现在正不幸身处牢笼之中。

这可恨的“无限牢狱”！我被封印在里面，万劫不复，动动手指都困难。

这一切都是因为三百年前……

白皙的肌肤。

明艳、小巧的嘴唇。

银黑色的头发光亮，简单地一束垂落。

身形并不算多么高挑儿。

从那娇小的体型，纤细的轮廓推测，多半是一名女性。

一张面具遮住了她的双眼，可全然遮掩不住她的美。

——“勇者”。

这就是她的身份。她周身放射出一种光辉，令人移不开眼。

当然，我绝不是沉迷于她的美色之中。

我，她，一对一，堂堂正正，一决胜负。我输了。

要说我全无不甘，那自然是谎言。

但很不可思议地，我心中并无恨意。

是因为她并不畏惧我吗?别说畏惧，她挑战我时不曾显露出一丝感情。

对此我的感受不像“憎恨”，倒更接近于——是了，以那名“勇者”为契机，我对“人类”这一存在产生了兴趣。

仅止于刀剑相交未免太没劲了。

我渴望更多的交流、交谈。

一直以来，我都是我行我素，想战就战。

就算有人对我提意见，我也从不理会。

我都天下无敌了，还不能随心所欲吗？

然而，我输了。

不是说我从前未尝一败，可如此惨烈的败北还真是平生头一遭。

天下之人，挡我者死——我的这份傲慢，在少女勇者面前碎成了齑粉。

我有时甚至想，要是我能从封印中脱身，我还想再度与她交战。

遗憾的是，人类的寿命实在太短了。

少女虽是勇者，但也是人类，我的心愿已注定无法实现了。

没办法，我也只能在这封印之中，老老实实地反省过往的作为。

话虽如此！

三百年也未免太长了吧……

直说吧，我闲得长蘑菇。

再过个几百年，快的话用不了一百年，我就无法维持自己的存在了。随之而来的就是“转生”。龙种就算死亡，也会在别的什么地方复活过来。

那个时候，我的自我意识将不复存在。我将生出全新的自我，变成另一条“暴风龙”……这倒也算不上什么悲剧。

不如说我还能落得个轻松。

综上种种，我目前的日子就是一边忍耐无聊，一边翘首期盼着即将降临的末日。

这时，出现在我面前的就是那只散漫的史莱姆。

它一路“嘭嘭啵啵”地弹射，横冲直撞，一头撞在我身上。

老实说，我吃了一惊。

不是我自卖自夸，我身上散发出浓厚的妖气，周身的魔素浓度也非比寻常。

在我面前，能站直的生物都没几个。

即使我现在身处封印之中，低级的魔物连靠近我也做不到，更别说直接触碰我了。就算对高级的魔物来说，这也极为困难。

我不禁对这只史莱姆有了兴趣，开口向它搭话。

它没准只是一只没有自我意识的低级魔物，也可能刚诞生没多久，可在当时，我完全无所谓。管它是谁，只要能纾解我的无聊就行。

但我心中有种预感。

这场际遇一定蕴含着更高的价值。

这只史莱姆，将为我的生活带来改变。

我的预感向来准确。在它的指引下，我试着向史莱姆搭话。

“小家伙，听得见吗？”

我先用“心灵感应”直接向史莱姆的精神传话。话音刚落，它就展露出了非常有意思的反应——心中波澜万丈，各种纠结的念头相继涌现。由此我判明，它拥有自我意识。

接下去就该交谈了。

“喂，回答我一声就好。”

我按捺着兴奋不安，如此吩咐。

我这种层次的魔物能够稍许窥见旁人的内心。虽然只能读取一些最浅表的念头，但这仍是一个方便好用的技能。

要知道，我算不上那种社交经验丰富的老手。与史莱姆搭话后，我等不及它回答，直接潜入它的精神之中读心。它正在想——

“不要强人所难啊，秃子！”

摁死你哟，混账史莱姆！

秃子？对着本龙爷，大喊“秃子”？

我对史莱姆的精神世界大感愤慨。

一只史莱姆竟能激怒我，还真是有点意思。

至少，它拥有对身为龙种的我暗骂“秃子”的勇气。这一点我不无赏识。

那之后我总算和史莱姆对上了话。史莱姆眼不能看，耳不能听，于是我向它传授了“魔力感知”这一额外技能。

史莱姆天赋异禀，没几分钟就将额外技能彻底掌握。

以我看来，这只史莱姆在魔物等级中已经达到了 A 级。倒也没什么不可思议的，周围的环境浸沐着我浓厚的魔素，史莱姆于此降生，有些超常之处实属正常。

能掌握额外技能也是理所当然的事。

我想，史莱姆终于能看、能听了，应该会感激我吧？没想到它一看到我的真容就畏怯起来。不过，该说它神经很大条吗？不出一阵，它又全然习惯了。

没劲啊。不过，算了。

谈话间我逐渐察觉，这只史莱姆智力极高。刚诞生的魔物绝不至于此，它肯定是拥有前世的记忆。

这种事偶尔也是有的，若仅止于此，我不会太诧异。可史莱姆说的故事比这更惊人。

连我都惊呆了。

原来它本是异世界的人类，死后转生变成了我眼前的史莱姆。

哎呀，这可真是太少见了。

我拥有一项独特技能"探究者"，能够读取世间一切现象的记录。可就算凭着这项技能，我也找不到第二个与史莱姆相同的案例。

果然，这只史莱姆比我想的更富探究价值。

我一下子就来了兴致。

就在这时——

"——你要不要和我做朋友？"

我简直不敢相信自己的耳朵。

区区一只史莱姆……不不，还有比这更关键的问题。迄今为止，我身边没有一个称得上"朋友"的人。

要说打架的对手那倒是有……

也罢。

这只史莱姆，一副我不答应它就要痛哭流涕的样子。

毕竟它可是说"无论如何"都想做朋友啊。

事已至此，我当然要以广阔的心胸接纳它了。

拒绝了它可是会痛哭流涕的。

——真拿这家伙没办法。

就这样，我为史莱姆赐名"利姆鲁"，与它成了独一无二的朋友。哦，对了，我该称它为他了。

以上就是我维鲁德拉·特恩佩斯特与利姆鲁·特恩佩斯特的相遇，也是所有故事的开端。

◆哥布林村的守护者◆

我相信利姆鲁的提案，进入了他的“胃袋”。

这家伙的能力强得有点离谱，似乎是出生时就自带独特技能“捕食者”。

跨越异世界之壁过来的人里，缺乏适应性的那些在穿越时就死了；相对地，若是拥有适应性，便能获取大量魔素，脱胎换骨。大多数情况下，魔素会转换为他们最渴望的能力，也就是所谓的“独特技能”。

我们一般称这类人为“异世界人”。

利姆鲁似乎也是这种情况。转生之时，得到了渴望的力量。

他具体在渴望什么我是不知道啦，但以结果而论，他可真是中彩了。

利姆鲁那家伙，天生一副散漫个性，估计还没意识到自己的能力有多了不得呢。

真有意思，我才不会一一告诉他呢，哈哈哈。

一言以蔽之，我现在是通过利姆鲁的双眼在观察外界。

嗯，你问我怎么做到的？

多笨啊你，我可是伟大的“龙种”。

这点小事，我随便调动一下独特技能“探究者”，随便干涉一下我与利姆鲁共有的“名”，随便传送一下他看到的情报——随便这样那样搞一下，不就随随便便地搞定了吗？

嗯，你又说啥？别整这些没用的，快去破坏“无限牢狱”？

你真不是一般的笨啊！

人无聊就会死！没有乐趣，没有玩耍，什么也没有，人会当即立刻马上死！

伟大的我也一样。想我当年天下无敌，可经历三百年的磨耗后，我也渐渐地失了心气，放弃了挣扎。

我可不要重蹈覆辙。

好不容易碰上有趣的家伙，甚至交上了朋友！怎能不活到够本，玩到够本，享尽世间一切乐趣？

我早已下定了决心。

所以，我的一举一动可不是闲的，全是必要之举。

哇！

利姆鲁这小子，居然干掉了洞窟里最强的岚蛇！

要知道，这条蛇在我妖气的淬炼下进化至今，外界甚至称呼它为洞窟守护者。

以人类的标准衡量，岚蛇差不多是A^-级的，说强也是挺强的……可还是敌不过利姆鲁的一击吗？

小子，你挺厉害的，你还不知道吧？

虽说和我比也就是个小儿科。

哈哈哈哈！

我发出上述笑声的同时，利姆鲁也在顺着洞窟往外弹跳，一路捕食魔物，夺走它们的技能。

他一边为自己没有味觉而感激上苍，一边关闭“魔力感知”，两眼一闭，一脸不情愿地吞咽。

看上去，他搞错了“捕食”的使用方法。

其实不用把食物吞下肚。所谓“捕食”，只要触碰对方就能将之侵蚀……不过算了。我现在不幸只能旁观，没法出声纠正他的误解。

而且从旁边看着也挺有趣的。

岚蛇只是个开始。

接下去利姆鲁又捕食了C^+级的巨型蝙蝠。这次，他开始搞事了。

我本以为他会像之前那样夺走猎物的技能，没想到，这一回他连魔物的生理特性也夺走了。

巨型蝙蝠的“超声波”本来是用来干扰、催眠敌人的，利姆鲁却为它找到了新的用途。

具体来说，利姆鲁复制的仅仅是蝙蝠制造超声波的器官，将之改良后变成了能够普通发声、说话的器官。

我不由心生钦佩，他脑子转得真快。

利姆鲁如果连这都办得到，完全可以复制需要进食的魔物的舌头，把味觉也弄到手。可看样子他还没想到这一步。

我猜，他多半是肚子饱饱，早把这一茬的事情抛到了脑后。

又精又呆，到底怎么做到的啊，这只史莱姆。

这样那样地搞了一通后，利姆鲁终于摸清自己的能力，决心离开洞窟。

该说他胆小还是谨慎呢？

我也不知哪边才是正确答案。

因为我很清楚，他乍一看行事谨慎，其实胆子肥着呢。

眼下的状况就是一例。

利姆鲁被一群矮小的哥布林围在中间，摸不着头脑。

要我的话早把哥布林全灭了，利姆鲁却似乎另有打算。

他和他们交涉一番后，不知怎的就完美地收敛了自己的妖气。

虽说还是漏出了一丝丝，可这点程度俨然就只是一只低级魔物，说不定连这帮哥布林都要小瞧他……正当我这么想时，话头转到了诡异的方向。

哥布林对利姆鲁宣誓效忠，利姆鲁则决定救哥布林于水火。

事情为什么会变成这样？我疑惑不解。

我这辈子都没跟如此低贱的物种打过交道。说到底，这类魔物就没本事站到我跟前。

更别提让我屈尊驾临对方的村庄了。天下霸者如我，另有与我相称的举止。

然而，利姆鲁毫不犹豫地选择了另一条路。

一条与我不同的，与孤傲无缘的路。

难道说，错的是我？

我不为自己的过往后悔，可说不定在我选择的道路之外，还存在另外一种“龙生”。

由于利姆鲁的行动，我陷入了沉思。

◆牙狼族的首领◆

话接上回。利姆鲁答应保护哥布林村庄后，做的第一件事是治疗伤员。

看样子，他利用那些生长在我丰沛魔素中的希波库特草，制作了高纯度的恢复药。

这小子，明明刚转生来我们世界，到底哪儿来的这些知识？

他和我说话时，总像是还在和别的什么人商量，莫非……

我用独特技能“探究者”也没法看透利姆鲁的记忆，只能猜测，除了独特技能“捕食者”，他或许还拥有其他能力。

毕竟，“捕食者”并不适合用来解析我身上的“无限牢狱”。合理的推测是，利姆鲁还藏着别的王牌。

对了，回想一下，他刚遇见我时，好像一直在跟自己的技能对话。

那个技能是叫作……什么来着？

反正不是“捕食者”。利姆鲁的意识里浮现过那项技能的名称，可我没听清楚。

难道说，利姆鲁动过什么手脚？

说得通。

技能总不会自发屏蔽我。利姆鲁这小子，当着本龙爷的面搞小动作，真行啊。

我又更了解他了。

表面上大大咧咧，其实警觉着呢。

这家伙，果然很有趣。

利姆鲁奇招迭出，将哥布林垃圾堆一样的房子全部推倒，改建成了人类那种栅栏。

栅栏上层层叠叠缠满“粘丝”，那是利姆鲁从B级魔物“黑蜘蛛”身上夺来的技能。“钢丝”则用来补强栅栏，同时也充作陷阱之用。

这构想相当巧妙，我不由得大感佩服，不过……

随便一瞄利姆鲁的表层意识，灵感似乎都来自“漫画”“小说”之类的东西。

利姆鲁把从别处见过的各种陷阱组合起来，通过“——”重构成最合适的形态。

这个“——”的真身我却看不到。

我只能认为，利姆鲁隐隐察觉我在窥探他的意识，设置了障碍。如我所料，这小子背后还藏着别的技能。

大家都是好兄弟了，还瞒着我，真没意思。

算了，这事先放放。话说回来，所谓的“漫画”跟“小说”又是啥？

弄得我很在意啊。

除此之外，他念头里还不时出现“电影”“动画片”之类的字眼。我的求知欲蠢蠢欲动。

这可得调查个明白。

我的独特技能“探究者”正为了解析“无限牢狱”而马力全开。我将它的功率分出少许，试着连接上利姆鲁的深层记忆。

这回也碰上了障碍。可好奇心能杀死龙，我死缠烂打，拼命攻坚。

苍天不负有心人，利姆鲁一部分的深层记忆向我缓缓敞开了大门。顺带地，我与利姆鲁的情报共享也愈加畅通了。对我来说全是好消息。

用利姆鲁的话说——“计划通”。

我走进了情报的宝库。

熠熠生辉的宝藏之山。

那儿充满了无穷尽的故事。虽然都是用异世界语言写就，可解析未知语言对我来说不过小菜一碟。与解谜类似，不一会儿就全搞定了。

我看看我看看……嗯，这个故事是讲少年如何一步步走上王座的。

还挺吸引人的。

辅佐主人公的军师料事如神，算无遗策，我只能理解为这家伙也会读心术。

故事中虽存在妖术，但不见描写魔法之类的华丽场面。因此，一发大招下去敌军全灭之类的屠杀情节是不存在的，以计策、战术交战才是全篇重点。

这些知识，简直就是为解决利姆鲁眼下的难题而生。

我全明白了。

利姆鲁就是靠从这些书籍中得来的见识，构思出了对付来犯狼群的策略。

这场战斗总结一下就是，利姆鲁引得狼群落入陷阱，再与孱弱的哥布林一起讨伐狼群，赢得了胜利。

一群狼而已，利姆鲁一个人就能碾压它们，可他放手一搏，让哥布林们亲自战斗。其中的理由，仔细一想也是再明白不过的。

自己杀出来的战场会炼出自信与经验，这份自信又将转为对利姆鲁的信赖与同伴间的情义。

一桩一件，全都正中利姆鲁下怀。

连对手有怎样的能力，会发动怎样的技能，他也看穿了大半。

他就是这样因人制宜，研究策略，真是个超出我料想的策士。

我也不能输。

就把这里的知识一股脑儿吞下肚吧！我的睿智一定能更上一层楼。

正当我尽情享受以图画和文字表现的精妙故事时……

一股强烈的无力感向我袭来。

发生了什么？我连忙将意识转向利姆鲁，发现他正让牙狼和哥布林排好队，对他们逐一说出什么。

这家伙，该不会……

不可能，这种事绝不可能——我虽然这么想，现实却冷酷无情。正是那个“不可能”，利姆鲁正在给全员赐名。

白痴啊你！我大叫着。不用说，谁也没有听见。

起名字这件事，对人类和对魔物完全是两回事。对魔物来说，赐名即契约，赐名者与魔物之间会产生一种深刻的联系，更强于血缘之力。

然而，赐名只会发生在彼此信赖深厚的二者之间，这是有理由的。像我与利姆鲁之前那样还好。我们相互赐名，也就相互交换了力量。除这种情况外，赐名之举常常伴随着巨大的危险。

因为，所谓“赐名”，其实是将赐名者的力量分出一部分，赐给信赖的下属。

赐名会削弱自身的力量，即使是我这样君临天下的魔物也很少干。

好了，白痴利姆鲁赐名赐个没完没了，不仅浪费自己的魔素，连我的魔素都被卷走了。

我平时多温顺的一条龙，现在也想发火了。

我着急忙慌想阻止魔素流出，可由于情报共享愈加畅通的缘故，一时竟难以办到。

不会是利姆鲁料到今天才让我攻坚成功的吧？

让我误以为事情都如我所愿而一时不察，却没想到一切都在利姆鲁的计划之内。真是只可怕的史莱姆！

不过，别以为我就认输了。

我一顿操作，总算保住了我的魔素。

操作一直持续到利姆鲁进入休眠状态为止。

◆目标矮人王国◆

利姆鲁醒来时，魔物们都进化了。

理所当然的事。

他可是连我的魔素都卷走，一一赐名下去了啊。

虽然现在说也没用了，可这么一趟下来，“无限牢狱”的解除说不定都得延迟。

嗯，你说什么？早知今日，就别浪费时间看漫画，赶紧解析我的笼子。

唔咕——哈、哈、哈，我根本不在意这点时间哟，根本不在意。

说到底，这点程度的延迟全在合理误差范围内。

不过我发现了，这个话题容易引火烧身。就此打住，打住。

让我们回来观察利姆鲁。

利姆鲁宣布，要跟人类和平共处。

很好。我对人类也很感兴趣。光有书本上的知识可不够，我还想去人类的城市实地考察。

我若以“龙身”降临，多半会引发战争，可要是学到利姆鲁这样的交际手腕，说不定连我也能跟人交流……不过说来说去，全都是些破除可恨的“无限牢狱”之后的事。

利姆鲁一伙人正商量着要重建一度亲手破坏的村庄。

我故技重施，读取利姆鲁的表层意识。他正想着要给自己建个好房子，舒舒坦坦，快活度日。

还真是一如既往地以自我为中心。不过，对他的这一面，我并无异议。

无法让自己快乐的人，也不可能带给他人幸福。

我原本也是我行我素的。可看着利姆鲁，我逐渐意识到，只顾自己舒心似乎没有意义。

要想真正地快活度日，就要让身边的人都能发自内心地露出笑容。

我从前不与低级物种打交道，果然是错了。

哥布林们如今进化成了强壮哥布林，智能提高，能够自发行动，一举一动都看得出积极性。而且正如利姆鲁所想，社群内生出了文化与艺术的萌芽，未来的生活或许更加缤纷多彩。
富含潜力的嫩芽不是用来刈除，而是用来栽培的。
我不过与利姆鲁相处几天，就学到了这么多。

现在一伙人正在赶往矮人王国的路上。
巨狼在大地上飞驰。乘在狼背上，凉风袭面，心旷神怡。
我从前来去都在高空，飞起来比音速还快，因此还从未尝过在大地上奔驰的滋味。这回一试才终于得知，紧贴地面疾驰，那份速度感摄人心魄。
远比我想象的更带劲儿。

◆矮人工匠◆

矮人王国到是到了，可一到就有麻烦找上门来。
人类总有些看不出对手名堂的睁眼瞎，所以才会像这样无事生非。
我以前也被人类招惹过。这些人真的是不知反省。

……不过，有一说一，利姆鲁现在无论外形还是论妖气都是只低级魔物，遭人小看也无话可说。
闲话少说。上门挑事儿的只是几个冒险者，可睁眼瞎也得有个限度吧。利姆鲁本来想着把他们吓跑，就拟态成了黑岚星狼，没想到被那群人当成了虚张声势。
他们的想法实在太浅薄了。
眼前的若真只是个史莱姆，连智能都不会有，更别提变身的能力了。怎么想都该警惕才是，竟然光凭对手的外表就麻痹大意。
不过，也就是我吧。
能够不为表象所惑，一眼洞见本质。
冒险者们遭到了报应。他们正面迎上利姆鲁的咆哮，陷入了恐慌。
还有人身上露出了各种各样的东西……恐怕今后都没脸来这附近了。
哈哈——哈哈哈哈哈！
正当我发出如上所记的笑声时，事态急转直下。
利姆鲁他们遭到了逮捕。

能不能有点新意啊，这群人类，是想害我爆笑而死吗？

利姆鲁似乎是想蒙混过关，可那说辞太不着边际了，他又不肯动手抵抗，结果一眨眼就被投进了大牢。

利姆鲁是只史莱姆，逃跑不要太简单，就是不清楚他打算拿同行的哥布林怎么办。

没想到利姆鲁也不忙着逃，像是在谋划些什么。

是在谋划吧，没错吧？

老实说我也没啥自信，不过嘛，船到桥头自然直。

这小子运气好得不可思议，这种时候多半会恰好发生一些——

“队长，不好了，矿山发生了大事故！”

你看，来了吧？

警备兵惊慌失措。利姆鲁见缝就钻，嗖地递出恢复药。这大概是为了证明给矮人们看，自己可不是敌人。

啧啧，这史莱姆，精明着呢。

这份老练世故，我不学不行啊。

一来二去，利姆鲁就被释放了。

警备队长还给他介绍了个铁匠师之类的人物。

利姆鲁果然是只幸运的史莱姆啊。

我东张西望。

矮人王国我也是头一次来。

说到底，人类的城市我顶多就是从上空掠过。就算降落下来也别想好好参观，毕竟龙的身体太庞大了。

更何况矮人王国是由卡纳托山脉的大洞窟改造而来，可以说是一座天然要塞，我想进也进不来。

王国的街道非常繁华，街景妙趣无穷，到处是我听都没听过的好玩东西。

我调用独特技能“探究者”一一解析，逐渐明白了它们各自的功用。可是，心里知道和上手把玩之间隔着不止一道鸿沟。

这囚徒之身恨得我牙痒痒。

为什么我没有早点看见万事万物中的乐趣呢？我以前是有多愚昧啊，想想都要惊呆了。

那时我只懂得一件乐事——暴乱世间。以“暴风龙”之名，成为世界的梦魇。

回头看看，那时的我，不过是一只井底之蛙。

世界很大。

快让我出去吧，让我用自己的双脚探索这个世界——我为初次见到的街景深感震撼，并在心中祈愿着。

◆命中之人◆

龙生头一次，我参加了名叫“庆功宴”的活动。

利姆鲁从水深火热中帮了矮人工匠一把，作为回礼，对方邀请了它。

我不知道具体什么原理，总之利姆鲁又动用那个隐藏技能，帮助矮人量产了剑。

到这一步我都怀疑他到底是不是有心隐瞒技能了。可正因为利姆鲁堂堂正正的，反而谁也没有多问。

我也一样。“利姆鲁什么都做得到”——只要接受了这种设定，似乎什么都不成问题了。

说回庆功宴，这可真是个好东西啊。

说实话，我对人类的食物也很有兴趣。

尤其是——酒。

酒的传说我听过不少，因此一直很想试一试，喝下去到底是怎么个感觉。

然而，凭我的庞大身躯，喝酒本来就够困难，更别提迄今为止根本没有喝的机会。这时机会忽然送上门来，说不期待那就是骗人的。

——正当我满心期待时，我想起来利姆鲁没有味觉。

啊啊啊，我恨啊！

混账利姆鲁居然还说：“有精灵为我斟酒，无论什么都会变得美味啊。”耍起了帅来。

你当然觉得美味了，一群人围着你献殷勤呢。

但你是不是把龙爷我给忘了！还算兄弟吗你？我可早就提过了啊，快点给我弄来个舌头什么的……呃，不对，我光想是不会传达给他的。

在这里羡慕利姆鲁也没用。

仔细一想，利姆鲁又不知道我在窥视他的意识，眼下别无他法，只能先放弃……

但我可记住了啊！

我满血复活的那一秒钟，一定会回到这里！

然后像利姆鲁一样，让一群人围着我献殷勤。

从前我真是愚不可及。

比起遭人畏惧，明明是受人敬重的感觉更好。

论起强大、帅气，我也很有自信，一定能受到众人的景仰。这么说来，得到利姆鲁赐名的强壮哥布林们正适合当我的崇拜者！利姆鲁果然想得很远。

利姆鲁很擅长笼络人心。

现在店里的姑娘们正在给他占卜，一片其乐融融的景象。

水晶球中一道人影闪现，据说是利姆鲁的“命中之人”。她脸上有烧伤，可仍能看出是相当美丽的女性，风姿间隐约能见到当年“勇者”的影子，说不定与“勇者”有些血缘关系。

唔，先不说这个。

到底怎么才能受人欢迎呢？

我也想像利姆鲁一样跟其他人玩耍。

像以前一样肯定不行。

还得再学习，多读书，记下些帅气的举止与台词啊。

嗯，怎么忽然吵吵嚷嚷的？

我干劲满满，正要开始学习时，似乎又出了乱子。

怎么回事啊，利姆鲁是中了某种走到哪乱到哪的诅咒吗？

我不过走开一下，他马上就被卷进了事端。鉴于我真的只是从旁围观，想必跟我没什么关系。

这回的事端是——

一名瘦削男子站在利姆鲁面前，不仅朝他当头淋了一杯水，还口出狂言：“魔物只配这个待遇。”

这家伙，是故意的。

为了挑事而来，故意招惹利姆鲁。

嗯哼，不知利姆鲁会怎么应对。

要我的话，当然早把他烧成灰了，可利姆鲁又会怎么做？

我兴致勃勃，瞄向利姆鲁的表层意识。他在想，不能乱来。

对方是王国大臣，伤到他就不妙了。

真是的，我才懒得在意这些细节呢，利姆鲁到底在顾虑些什么？

我看看啊……哦，要是在这里动手，就会被禁止再次……入境？

要不得，这个绝对要不得！

那要怎么办才好，一忍到底？

久违的惊慌向我袭来。

伟大的“暴风龙”居然为这点屁事而手足无措——放在以前绝对不可能，说给熟人听谁也不会相信那种。

不过我隐隐明白是怎么回事。人一旦体会过快乐，就会理解为守护快乐而生的忍耐。

人类为自己的生活设置种种不便，制定出名为“规则”的麻烦东西。

可要是没有这些麻烦规则，一切的快乐都会化作泡影。

我感觉我又变聪明了。

就在这时，把利姆鲁唤作“恩人”的矮人拍案而起。

说时迟那时快，这位名叫凯金的矮人一拳揍飞了坏大臣。

我不禁大声喝彩。

不用说，我觉得很解气。

可更重要的是，凯金竟为了我的朋友利姆鲁而这么生气。

再没有比这更值得高兴的了。

经此一役我又明白了一件事：原来比自己蒙羞更让人愤怒的，是朋友受辱。

与利姆鲁相遇以来，一件件全是震撼我的事。

我当时果然作出了正确的选择——我愈加确信，感到心满意足。

但一码归一码——

凯金果然还是给大伙儿惹上了麻烦。

利姆鲁他们又一次被丢进了大牢。

随即，迎来了迄今为止最大的挑战。

矮人王——加泽尔·多瓦格。

连利姆鲁都有了危机感。

这也是理所当然的。

王座上那个男人，可不是等闲之辈。

现在的利姆鲁是没有胜算的。

哎呀好期待啊，利姆鲁会怎么打这一仗呢？我搬好小凳子只等前排围观了。

漫画版发售日
哎呀，单行本能顺利出版，总算是让人放心了。
干杯/
毕竟这是部充满史莱姆、龙、哥布林、野兽与大叔的作品啊。
就是呀——大概只有我算得上是美少年担当吧，
压力真的超大的。
这样呀，真是辛苦您了（语调平淡）。
呃……
为什么这么毕恭毕敬的？
这是讲给人吐槽的？
不过以目前的登场角色来看，有点欠缺女性呢。
不，这不用担心。
利姆鲁大人，您在读什么？

承蒙以下人员的关照

原作：伏濑

助手：荒绪择
亚可伦（Akoron）
日野（Hino）
原口大树
斋藤茂美
高桥晓子

编辑部的各位

还有你！

伏濑老师的亲笔后记

《关于我变成史莱姆这档事》原本是网上连载的小说，不知不觉连漫画版都已经出版了！

这篇后记就讲讲在漫画出版中碰到的困难。

◇◇◇

2014 年年底，我第一次与川上老师见面。

碰头会上，一边要准备赠品用的签名，一边商量各种事项，节奏还挺紧张的……这一点先按下不说。

讨论的主要是两件事。

首先，故事开头主角的视野问题。

主角是双眼不能视物的设定，放在小说里没什么，可在漫画中就成大问题了。

然而，川上老师凭着傲人的技术，完美通关！视野广阔的感觉表现得非常棒。

漫画独有的演绎方法把小说没有的味道也表现出来了。

其次，故事开篇部分，登场角色偏少。

准确地说，魔物出场了不少，人类却没几个。

说白了，没有女主角！

我姑且保留始终没有女主角的可能性，可目前的问题是连个一般的女性角色都没有。

也就是说，画面不够“抓人”。

数一数出场的角色：史莱姆、哥布林、狼、矮人……

等等，这么画出来不就很普通吗？我们不由得想。

但这也没有成为问题。川上老师把史莱姆画得非常可爱，成功撑住了画面。

这只史莱姆上辈子是个男人——这点小事大概早就从读者记忆里滑出去了。

◇◇◇

虽然是少年漫画的第一集，却几乎没有女孩子出现，即使如此我还是希望各位读者能看在主角利姆鲁这只可爱的史莱姆份儿上，暂时忍耐一下。如果各位以后也愿意陪着利姆鲁一起冒险的话，我自然是喜不自胜，乐不可支了。

听完客套话之后，也差不多该结束这段问候文了。

所以呢，今后也请各位多多关照《关于我变成史莱姆这档事》！

三叶(Mitz Vah)绘
《关于我变成史莱姆这档事》
恭喜发售！
真的真的很恭喜您
Mitzvah.

黑版贸登字08-2022-032号

图书在版编目（CIP）数据

关于我变成史莱姆这档事．第一辑：全5册/（日）伏濑著；（日）川上泰树绘画；（日）三叶角色原案；K.W，羽千落译．-- 哈尔滨：黑龙江少年儿童出版社，2023.2

ISBN 978-7-5319-6443-8

Ⅰ．①关… Ⅱ．①伏… ②川… ③三… ④K… ⑤羽… Ⅲ．①长篇小说－日本－现代 Ⅳ．①I313.45

中国版本图书馆CIP数据核字(2022)第246246号

关于我变成史莱姆这档事　第一辑　1

GUANYU WO BIANCHENG SHILAIMU ZHEDANGSHI DIYI JI 1

［日］伏濑 著　［日］川上泰树 绘　［日］三叶（Mitz Vah）角色原案
K.W 羽千落 译

出 版 人：张　磊
策　　划：傅小童
责任编辑：郜　琦
封面设计：李宗男
出版发行：黑龙江少年儿童出版社
（黑龙江省哈尔滨市南岗区宣庆小区8号楼 150090）
网　　址：www.lsbook.com.cn
经　　销：全国新华书店
印　　装：北京盛通印刷股份有限公司
开　　本：787mm×1092mm　1/32
印　　张：7.375
字　　数：50千字
书　　号：ISBN 978-7-5319-6443-8
版　　次：2023年2月第1版
印　　次：2023年4月第1次印刷
定　　价：125.00元（全5册）